逃亡

吉村昭

文藝春秋

目次

編集部より

本書に収録した作品のなかには、差別的表現あるいは差別的表現ととられかねない箇所が含まれています。が、著者は既に故人であり、作品が時代的な背景を踏まえていること、作品自体は差別を助長するようなものではないことなどに鑑み、原文のままとしました。

尚、本文中で、厳密には訂正も検討できる部分については、基本的に原文を尊重し、最低限の訂正にとどめました。明らかな誤植等につきましては、著作権者の了解のもと、改稿いたしました。

逃亡

男は、闇を信じていた。二十五年という時間の経過が、かれに闇の濃さを信じさせていたのだ。

初めの頃おびえていたかれも、その闇に安息を見出すようになっていた。深海魚の一種族が微細な発光体をかざして游泳するように、かれは、ほのかな光をたよりに闇の中で生きた。その闇が、破れた。

私が電話をした時、私の声は、男にとって闇の中で初めて耳にする他人の声であったのだろう。電話口に、男の声が流れ出てきた。私が或る姓を口にすると、それは私だという声がもどってきた。やはり実在する人物だったのかという感慨が、私の胸を占めた。

私が自らの姓と職業を名乗り、そして用件を述べると、受話器の中の声は絶えた。もしもしと言うと、はい、という声がきこえた。その声は、人工的につくられた声帯から洩れる声のように抑揚を欠いていた。執行直前、関節がゆるみ、立つこともできなくなった死刑囚の口から発せられる言葉のようでもあった。

私は、かれが受話器を手に立ちつくしている姿を想像した。

御迷惑ならばお話をうかがえなくとも結構です、再び電話はいたしません。でも、もしも話してよいというお気持がおありでしたら、拙宅に電話して下さい——

私には、それだけ言うのがやっとだった。受話器の中で、再び、はい、という声がした。私が、自宅の電話番号をつたえると、静かに受話器をおく音がきこえた。

罪深いことをしてしまった、と私は思った。はい、という言葉のひびきが重苦しく胸にわだかまった。私は、未知の男を闇の奥底から引き出してしまったことを悔いた。

私は、眼の前の電話機をみつめた。それは、奇怪な形態をした奇怪な器具にみえた。男に連絡をとったのもその器具なら、男の存在を知ったのもその器具だった。

一カ月ほど前、私の留守に未知の男から家へ電話がかかった。その折、書きとめてくれた家人のメモによると、男はUと名乗り、或る男に会えと指示している。その或る男は、戦時中反戦運動組織の一員として軍用機を爆破し、逮捕され、脱走した。自殺したという説もあったが、電話の主は最近その男と会って生存していることを知り、その住所、電話番号も知ったという。

Uと名乗る男は、再び電話をかけると言ったというが、その後電話はなく、私の手もとには一枚の紙片に書きとめられたメモが残されただけであった。私は、いつの間にかUの電話を心待ちするようになった。メモによるとUは旧海軍の法務関係者であることをあきらかにしていたので、その部門の関係者にあたってみた。が、Uという姓をもった者は意外にもその部門にいなかった。

電話の主が姓を偽称したことを知った私は、男の口にした或る男も実在の人物ではないと推測した。が、念のためUと称する男の告げた電話番号をまわしてみると、受話器の中から思いがけずUの指摘した男の声が流れ出てきたのだ。

電話をきった私は、或る男が実在していたことに驚きというよりは薄気味悪さを感じた。Uは自らの姿をかくし、電話という器具を使って或る男の過去を私に告げた。それは密告に類する行為で、私もその術策にかかって或る男へ電話した。Uは、私を利用して深い闇の中で生きていた或る男の生活を激しくゆさぶろうとしている。

私は、Uと称する男の狡猾さに空恐しさを感じた。

私は、後味の悪い思いで日々を過した。はい、という受話器からきこえてきた消え入るような声がよみがえってきては、私を沈鬱な気分にした。が、一方ではその男の過去を知りたいという欲望もきざしていた。

或る男から電話がかかってきたのは、私が電話をした四日後の朝だった。男は、今夜七時に家へ来てくれ、と言い、必ず来てくれとつけ加えた。その低い声には哀願に近いひびきが含まれ、語尾がかすかにふるえていた。

私は、その夜、東京郊外の繁華な町の駅に降り立った。商店街のはずれに、男の家はあった。

男は、果実の中に立っていた。ネーブル、林檎《りんご》、苺《いちご》、バナナ、メロン、蜜柑などが電光を浴びてつややかに光っている店の中で、眼鏡をかけた頭髪のうすれかけた男が、私の顔に視線を据えていた。その眼は、私が店に近づくかなり以前から私を凝視しつづけていたことをしめしていた。

男と私は、目礼し合った。そして、私が姓を告げると、男は無言で私を店の奥に導いた。レジスターの傍には、妻らしい肥えた中年の女が坐っていて、私の挨拶に金歯をのぞかせて笑顔をつくり頭を軽くさげた。

男は階段をのぼり、携帯用テレビのおかれた小部屋に入った。私は、テーブルを中に男と向い合って坐った。

男は私に眼を据えると、どこで知ったのか、と言った。電話できいた声とはちがった詰問するような鋭い声だった。

私は、男にいたずらな不安をあたえたくなかった。男は、自分をつつむ闇の濃さを信じていたのに、Uと称する男によって、その過去と現在の生活を知られている。男にとって、Uという人物が、ひそかに闇の中に身をひそめていた自分をうかがっていたことを知ることは、無気味に思えるにちがいない。

しかし、眼前に坐る男にとって、不意に電話で過去のことを口にした私こそ恐怖の対象であるにちがいない。私は、男のおびえをやわらげるためにも、その事情を述べねばならぬ立場にあった。

Uの姓を口にし、最近あなたにも会ったと言っているがと言うと、男は首をかしげた。しきりに記憶をよびもどそうとするように顎に手を当てたりしていたが、かれは知らぬと言った。かれの眼に不安の色が濃くうかんだ。そして、私の顔を見つめたが、私も同じように為体《えたい》の知れぬ無気味さを感じて男の眼に視線を据えた。

Uが、黒子のように思えた。Uは電話という器具を使って私と男を操り、それによって私と男が演技をしているようにも感じた。

しかし、私がUから電話のあったことを伝えたことは、男の態度に変化をあたえた。かれの信じていた闇は闇ではなく、Uと名乗る人物によってすでにかぎつけられていたことを知った。いわばかれは、闇を信じていたことが無為なものであったことに気づいたのだ。

かれの顔に、諦めの表情がにじみ出た。そして、気落ちしたように眼をしばたたくと、だれにも話をしたことはなかったのだがと言って、低い声で話しはじめた。私は、ためらいがちにノートを手にすると筆を走らせた。

階段に足音がし、かれは口をつぐんだ。

襖《ふすま》がひらいて、レジスターの傍に坐っていた肥えた女が、苺と紅茶をのせた盆をテーブルの上に置いた。その直後、私は、他人に口外したことはないという男の言葉が事実であることを知った。

かれは私を、旧海軍時代にお世話になった人だと紹介した。私が途惑いながらも挨拶すると、男の妻はカーディガンを着た背を窮屈そうに曲げて頭をさげた。

女が階下へおりてゆくと、男は、妻にも話してはいないものですから失礼な紹介をしまして、と言って、眼鏡をはずしガラスの曇りをフランネルでぬぐった。その顔は妙に白けていて、眼が針金のように細くみえた。

男は再び話をしはじめたが、内部にかたく秘めていたものを口にするためか、その話し方は徐々に熱を帯びた。説明不足であることに気づくと、時間をさかのぼって繰返し話をし直したりする。

そのうちに、かれの眼に異常な光がうかぶようになり、声も甲高くなってきた。かれは、しばしば坐り直し身をうごかした。内部にみちあふれたものを言葉にして表現することが、もどかしくてならないようだった。

かれの記憶は驚くほど鮮明で、日時、地名、人名が淀みなくその口から流れ出てくる。二十五年という歳月が介在していることから考えて、その鮮明さは奇怪ですらあったが、それはかれが長い間闇の中でその記憶を反芻《はんすう》しつづけてきたからにちがいなかった。

部屋の壁にかけられた電気時計の針が、十時をさした。店の前を通る人の足音もまばらになって、やがて私は、階下で店のシャッターをおろす波頭のくだけるような音をきいた。

私は、話のつづきを次の機会にききたい、と男に言った。男はうなずき、私は、腰をあげた。

夜道に出た私は、宙をふむように駅へ向った。闇の中に、鮮烈な世界がひらけていた。それは男の戦争との個人的な接触であり人間の体臭がむせ返るようにたちこめていたが、同時に戦争というものの持つ驚くほどの奇怪な姿が露呈されているように思えた。

……翌朝、私は、電話のベルに目をさました。家人に起されて受話器をとると、電話は男からだった。

男は、今夜、話のつづきをしたいので来て欲しいと言った。声は低かったが、その声には焦りに似たものがかぎとれた。受話器の中からは、男の店の傍に架かったガードの上を走る電車の音がきこえていた。

その夜、再び私は男の店に行った。男の妻は前夜と同じようにレジスターの傍に坐り、果実は電光につややかに光っていた。

男の眼には、切迫した光がはらんでいた。そして、私がノートをひろげるのを待ちかねたように口早に話し出した。妻が階段を上ってきて、男が口をつぐんだ。妻は、テーブルに紅茶とネーブルを置いて頭をさげたが、その顔には前夜と異なった幾分かたい表情がはりついていた。

私の筆は、男の口から流れ出る言葉を追った。戦時中の時代的な匂いが、その追憶から濃厚ににじみ出た。

私は、男の話を書きとめているうちに、妙な錯覚におそわれはじめていた。男が私のことを語ってきかせてくれているような気がしてならなくなったのだ。

男が回想するその年に、かれは十九歳で、年を繰ってみると当時の私は十七歳だった。もしも私がかれの立場に身を置いていたとしたら、私はかれとほとんど大差のない行動をとったにちがいない。戦時という時間の流れは、停止させることのできぬ巨大な歯車の回転に似た重苦しさがある。十九歳であったかれの行動は、その巨大な歯車にまきこまれた自然の成行きにほかならない。多くの微細な人間が、回転する歯車にかみくだかれて飛散し、終戦によってそれがようやく停止した時、そこにはおびただしい錫片屑のようなものが残された。

微細な物は、やがてそれぞれの道をたどって戦後を生きはじめたが、男は歯車の恐怖から解放されることもなく闇の中に身をひそめた。それは稀有《けう》な身の処し方にちがいないが、私にはそれがかれの場合自然すぎるほど自然な成行きのようにも思えた。

話し終った男の顔には、感情をしきりに押えつけようと努めている表情が浮んでいた。眼には、あきらかに歓びの色が漂っている。かれは、他人である私に過去のことを思いきり口にできたことを満足しているようだった。

私はノートをしまいながら、あなたは反戦組織と関係はなかったのですね、と念を押すと、その通りですとかれは答えた。そうした嫌疑はかけられましたが、そんな大それたものではなかったのです、と苦笑した。

私は、その答えに好感をもった。戦時中十九歳であった男が反戦思想を持つということはきわめて稀な例に属する。むしろ私には、イデオロギーとは全く無縁の若い男が、純真素朴さ故に異常な生き方をしなければならなかったことに、強い共感をいだいたのだ。

私は、階段を下りた。レジスターの傍で売上げ金を計算していた女が、黙って私の靴をそろえてくれた。私は、果実の間を縫ってシャッターの小さな戸をくぐった。外に出ると、ガードの上を電車が光をふりまきながら駅のフォームの方にゆるい速度で動いてゆくのが見えた。

翌日、私の家に、男からまた電話がかかってきた。男の声は、驚くほど明るかった。妻にきかれると都合が悪いので公衆電話からかけていると前置きしながら、昨夜はよく眠れました、戦後初めて熟睡できました、洗いざらい話をしたので眠れたのです、話してよかったと思っています、と、男は何度も礼を言った。

私は、好奇心から発した男への訪問が、思いがけず男の気持を明るませたらしいことに安堵を感じた。

しかし、男は私の訪問をきっかけに異常な行動をとりはじめた。そのことを知ったのは男の妻からの電話であった。

男の妻は、あなたは夫とどのような関係のある人なのですか、と詰《なじ》るように言った。

私は、一瞬答えに窮したが、正直に知己でもなく二度訪問しただけの関係だと答えた。訪れてきた理由はと問うので、戦時中の話をうかがいに行ったのだ、と答えると、男の妻はしばらく黙っていた。なにか気がかりなことがあるのですか、と私がきくと、男は私が二度目に訪れた翌日から行先も告げずに家を出て行き、五日間も音沙汰がないという。こんなことは結婚以来初めてです、夫が家を出て行ったのは、まちがいなくあなたがたずねてこられたことが原因です、あなたの名刺が置いてあったので電話をかけたのですが、行先はわかりませんか、と言う。

私は当惑し、心当りはないと答えた。

男の妻は、男が毎朝市場に通って果物の仕入れをしていたがそれもできなくなったので店も閉じていると言った。殊に苺は痛みが激しく、翌日になると商品価値は半減する。季節的に果物の種類が乏しい頃なので、苺が店の主力になる。そのためには、毎朝市場から仕入れなければならないのに、それも出来ない。店を閉じてから三日になるが、苺以外の果物も一斉に腐りはじめている、と男の妻は言った。

私は適当な言葉もなく黙っていると、やがて電話はきれた。

男の妻が口にしたように、男が行方知れずになったのはたしかに私の訪問が直接の原因であるにちがいない。深海魚が海面へ引き上げられると、その体は水圧の変化に順応できず破裂するというが、男も闇の中から突然明るみへ引き出されて錯乱状態におちいっているのかも知れない。

私は、几帳面そうな男の顔を思いうかべながら、男がどのような目的で家を出てしまったのかと思った。

その夜、男から電話がかかってきた。かれの声は、異常なほどの興奮をしめしていた。行ってきましたよ、いろいろな所へ、とかれはさまざまな地名をあげてしゃべりはじめた。それらの土地は、かれが私に話した戦時中に足を踏み入れた場所であった。

かれは、二十五年前の記憶をたどってさまざまな地域をまわり、当時接触した人の消息をたずねて歩いた。それまでは恐らく近づくことも避けていたであろう場所を、かれはすすんで自分の記憶をたしかめるように巡歴してきたらしい。

橋はなくなっていました、藁《わら》葺《ぶ》きの家はそのまま残っていましたが代が変っていました、自転車屋がまだありました、土手を歩いてみましたなどと、かれの話は果しない。

かれにとって戦時中の経験は、幻影にも似たものであるのかも知れない。その影におびえてひそかに生きてきたかれは、他人である私に話したことによって、それを現実にあったものとして直接たしかめようとしているのだろう。

照明の色光が変ったように、かれには過去の記憶が新たな光を帯びたものとしてとらえられているのにちがいない。そして、それをたしかめることによって、現在の自分の存在を納得しようとつとめているのだろう。

私は、幾分非難する口調で、奥さんが心配して電話をかけてきたというと、これから家に帰って妻にもすべてを話すつもりだと男は言った。

なにも悪いことをしたのではない、人を殺したのでもない、奥さんにすべてを話した方がいいと私が言うと、男は何度も礼を言って電話をきった。

その後、男から頻繁に電話がかかってきた。打明けると妻に泣かれたとか、再び旅に出て記憶にある場所を歩いたとか、時には長々と礼を述べたりした。

かれの興奮は、長い間鎮まる気配はなかった。

一

それは、些細《ささい》なことからはじまった。

望月幸司郎が禁をおかしたことは事実だが、実質的には禁と言うほどのものではなかった。かれが外出日に足を伸ばせる範囲は規則で定められていたが、それはいわば原則とでもいうべきものであった。

かれに許されていた範囲は、鉄道駅で言えば霞ヶ浦航空隊の最寄駅である土浦を中心に北は水戸、南は柏であったが、かれは列車で柏駅を越えて東京に入り、さらに京浜線に乗って川崎まで赴いたのだ。

かれが守らなければならぬのは、翌月曜日の朝食以前に航空隊の門をくぐり、第三飛行隊第四分隊兵舎に身を置いていることであった。航空隊側が下士官・兵に外出範囲を指示していたのは、その時刻までに帰隊できぬ事故を防ぐための処置で、たとえ遠出しても帰隊することができれば直接の支障はなかったのだ。

かれが川崎まで赴《おもむ》いたのは、十九歳というかれの年齢の若さに基因するものであった。息苦しい隊内生活を送っていたかれには、休日を利用して解放感にひたりたいという気持がきわめて強かった。それに、貧しい農家に生れ多くの兄弟姉妹とともに育ったかれには親のわかつ慈愛の度も薄く、人恋しさは殊《こと》の外《ほか》激しかった。

そんなかれの前に、一人の女性があらわれた。

女を紹介したのは、かれの兄であった。

兄は、海軍下士官としてマキン島に赴いていたが、同島を襲ったアメリカ機の銃爆撃によって頭部に負傷し内地に送還された。そして、伊東の海軍病院に入院していた折、傷病兵慰問団の中にその女がまじっていたのだ。

女は、その後しばしばかれの兄のもとを訪れたが、女には或る意図がひそんでいたようだった。彼女は二十五歳で婚期を逸することを恐れていたが、男の多くは軍籍に入っていて配偶者を得ることは困難だった。しかも女は、一人娘で婿を迎え入れねばならぬ身であったので、結婚の条件はさらに不利だった。

女は、かれの兄の歓心を得て入婿してもらいたいと思っていたらしく、母を連れて見舞いにきたこともあったという。

かれの兄は、そのような女をわずらわしく思ったのか、弟が霞ヶ浦航空隊にいるから慰問の手紙でも出してやってくれと頼んだ。

女からの手紙が幸司郎のもとに送られてきて、一度面会にも来た。背の低い眼鏡をかけた決して美しくない女だった。が、面会者もないかれは、菓子をもって会いにきてくれたその女の好意に喜びを感じた。

その後、女から家へ遊びにくるようにという手紙が来た。

「お国のために働いているあなたを、家族一同心からお待ちしています」という一文が、かれに人肌の温みを感じさせた。

かれは、招きに応じる旨の返事を書き、外出を許可された日曜日に川崎へ足を向けたのだ。

川崎駅に降りた幸司郎は、改札口を出ると公衆電話のボックスに入った。軍需工場の多い場所だけに、駅前にはあわただしい空気があふれていた。

昭和十八年の晩秋で、アメリカ軍の総反攻も本格化し、戦局は悪化しはじめていた。その年の二月には日本軍がガダルカナル島から後退し、四月には連合艦隊司令長官山本五十六大将が戦死していた。それにつづいてアッツ島守備隊が全滅、キスカ、ラエ、サラモアなどの失陥が報じられていた。また軍事同盟を結んでいたドイツの敗色も濃く、イタリアの無条件降伏によってさらに日本の立場は苦境に立たされていた。

かれは、ダイヤルをまわした。すぐに女の声が電話口に出た。女は或る計器会社の電話交換手をしていたので、言葉は明確で家までの経路を説明するのにも要領を得ていた。

かれは、女の指示通りにバスに乗った。途中、バス停の前の工場の中で白人の俘虜《ふりょ》たちが鉄材をかついで労働に従事している姿をみた。水兵の制服をつけたかれは、俘虜を見つめるバスの乗客たちに軍人としての誇らしさを感じた。

運輸省航空試験所前でバスを降りたかれは、すぐ前の狭い路地を入って小さな平家建の家の前に立った。古びた格子戸を開けると、待ちかねていたように女が出てきた。

部屋に入ると、すでに食卓の上には食物がならべられていた。隣室には中風だという父親が横になっていたが、女と母親は幸司郎におはぎや汁粉をすすめ、かれの口にする海軍生活の話にきき入っていた。

かれの胸にいだいていた期待は、十分すぎるほど満たされた。絶えず隊内で下士官から殴打され、厳しい訓練を課せられているかれには、女の家ですごす時間がこの上なくくつろいだものに思えた。

夕食の食卓もにぎやかだった。

「あなたのような人が、私たちの家に来てくれるといいのですがね」

女の母がためらいがちに言った時、かれは、

「自分も来たいです」

と、答えた。隣室に身を横たえていた父親も、笑顔をみせてかれに媚びるような眼を向けていた。

楽しい時間が過ぎた。

かれは、今夜中に土浦までもどらないと、翌朝の帰隊時刻に間に合わないことを知っていた。時計を見ると、十時近くになっていた。

かれが礼を言って腰をあげると、女が上野駅まで送るという。かれは、女と家を出てバスで川崎まで行った。年上ではあったが、若い女と二人で電車に乗っていることが、かれには面映《おもは》ゆかった。

女は、また来なさいねと何度も言った。かれは、その度にはいと答えた。女の母親がほのめかしたように、女の家へ入婿してもよいとさえ思った。

上野駅についた。

かれは女と常磐線の出札所に行って切符を買い求めようとしたが、顔だけみせている駅員の言葉に顔色を変えた。土浦を通過する終列車はすでに発車していて、翌朝まで列車はないという。

もしも明早朝の定刻までに帰隊できなければ、苛酷な制裁が待っている。かれの胸に、分隊事務室の壁に飾られた精神棒がおびやかすようによみがえった。そこには、仏心無用、軍人精神吹込み用一型、二型、三型などと墨書されたバッターが並び、そのほかにも六角棒や鉄棒もかかげられている。

蛇の木更津、鬼の霞空と俗称されていたように、霞ヶ浦海軍航空隊の隊内制裁はすさまじい。新入隊員を鍛練すると称して甲板係がバッターで兵の臀部《でんぶ》をたたくのはしばしばで、些細なことを理由に兵を殴り、そのため骨を折られたり歯をくだかれたりして治療室に運ばれる兵もいた。

殊に春に補充兵が入団してきてから、制裁による事故が続出するようになっていた。或る兵は深夜燃料庫の立哨勤務についていたが、昼間の激しい訓練による疲労で不覚にも眠ってしまった。たまたま巡察にきた士官がそれを発見し、懲《こら》しめのため傍におかれた銃を持ち去った。やがて眼をさましたその兵は銃のないことに気づき、懲罰を受けることを恐れて脱走した。間もなくその兵は逮捕され鉄棒で昏倒するまで殴打された後、三十日間の禁足を命じられた。

また或る映画会社の助監督は、猛訓練と制裁に堪えきれず首に短剣を突き刺して自殺をはかったりした。

そのような陰惨な事故がつづいて起っているだけに、幸司郎の恐怖は激しかった。半殺しになる、とかれは思った。思考力が失われ、かれは出札所の前を放心したように歩きまわった。

白けきったかれの顔に女はおびえてしまったが、ようやく年長者らしい落着きをとりもどすと、かれを連れて駅長室に行った。

女は、出て来た助役に事情を述べて、帰隊できる方法はないかと問うた。が、助役は、女と幸司郎を冷ややかな眼でながめると、

「兵隊が帰隊時刻におくれるとは呆れた話だ。おれたちに責任はない。終列車は出たのだからどうにもならない」

と、素気なく答えた。助役は、幸司郎が女と時間のたつのも忘れて遊び呆けていたと解したらしい。それに、たとえ海軍の兵ではあっても、その懇願を冷淡に扱うことが軍に対する忠実な義務であるとも考えているようだった。助役の眼には、嗜虐《しぎやく》的な光すらうかんでいた。

駅長室を出た幸司郎は、身をふるわせていた。かれの胸には、血に染まって倒れている兵の姿がよみがえった。バッターで殴られて昏倒し呻吟《しんぎん》する自分の姿が、おびやかすように浮び上った。

かれは、あてもなく駅の構内を歩きまわった。三駅はなれた田端駅の配車場までゆけば、土浦方面に行く貨物列車があるかも知れない。それともだれかに頼んで自転車を借り、土浦まで走ろうかなどと、乱れた頭で考えたりした。

女も狼狽して、かれとともに歩きまわる。構内に人の姿は少く、淡い電灯が所々にともっているだけになっていた。

かれは、いつの間にか駅前の広場に出ていた。家並には灯も絶えて、自転車を貸してくれそうな家を探すのも不可能に思えた。半殺しになる、という言葉が胸の中に絶え間なく湧いてきている。

ふと、背後で人の声をきいたように思った。振返ると霞んだ眼に、一人の眼鏡をかけた男の顔が映った。

「水兵さん」

と、男は言った。

幸司郎は、その声をうつろな意識の中できいた。

「終列車におくれたのかね」

男の眼には、やわらいだ光が漂っていた。

幸司郎は、うなずいた。

「どこまで行くんだね」

「土浦です」

幸司郎は、かすれた声で答えた。

「土浦か、それは丁度いい、私は石岡まで帰るのだが、乗せていってやろうか。貨物自動車だがね」

男の言葉に幸司郎は返事もできなかった。男は作業服を着、型のくずれたソフトをかぶっている。年齢は、四十歳ぐらいにみえた。

幸司郎の体が熱くなった。叫び声をあげたかった。

かれは構内に走りこむと、時刻表を見上げている女の骨ばった肩をつかんだ。

「なんだか帰れそうです。トラックに乗せて行ってくれる人がいるんです」

かれは、うわずった声で言うと挨拶も匆々《そうそう》にすませて再び構外に走り出た。そして、あわただしく駅前の闇を眼で探ると、広場の片隅に駐車したトラックの傍で手をあげている人影がみえた。

かれは、人影に走り寄った。古びたトラックで、荷台をおおうシートの端からは薪の束がのぞいていた。

かれは、男にうながされ、ふるえる足で助手台に身をすべりこませた。運転台に坐った男は、キーもないらしくドライバーをとり出してエンジンキーの孔にその先端をさしこんだ。セルモーターの始動音が起って、車が動き出した。

車体が大きな竹籠のようにきしみ音を立てながらゆれ、トラックは淡いヘッドライトを路上に投げて走ってゆく。両側には黒々とした家並がつづいていて、その中に交番の赤い灯が警官の立った姿を浮き上らせて過ぎていった。

幸司郎は、落着きをとりもどすと何度も礼を言った。男は、なれた手つきでハンドルを操りながら、

「お安い御用だよ。帰り道だったのだから、却って話し相手ができて退屈しないですむ」

と、言った。そして、

「毎日の訓練は大変でしょう」

と、眼鏡の奥から優しそうな眼を向けてきた。

幸司郎は、深く息をついた。半殺しにされることを避けられるのは、この男のおかげだと思うと、涙が目尻に湧いた。

長い橋を渡った。所々に家があったが、それもまばらになると、道の両側に耕地がひろがった。周囲は暗く、時折り道の前方に点状の光が湧くと、やがてトラックが眩《まぶ》ゆい

光芒を投げかけて傍を通り過ぎていった。

男は、どこの所属かときいた。霞ヶ浦航空隊だと答えると、私の知っている人も海軍の航空士官だと男は言った。

トラックが、手賀沼のふちを迂回するように走った。雲の切れ間から、わずかに欠けた月が出た。夜釣をしているのか、沼に小舟が数艘浮んでいるのがみえた。

男は、燃料関係の仕事をしているが物資統制令の施行で近々のうちに廃業することになるだろう、と屈託のない口調で言った。

牛久沼の近くを過ぎた頃、男は、

「私は、海軍が好きなのだが航空隊を見学させてもらうことはできるのかね」

と、きいた。

重要な個所をのぞいた隊内の一般見学は許されているので、

「見学できますよ。御案内しますからいつでも来て下さい。トラックに乗せてもらえなかったら、隊内で半殺しの目にあうところでした。ぜひ来て下さい、お待ちしています」

と、幸司郎は言って、自分の分隊名、階級、氏名を告げると、男はハンドルの上に紙片を置いて鉛筆をなめながらそれを書きとった。

トラックが土浦の町に入ったのは、午前二時を過ぎた頃であった。

幸司郎は丁重に礼を述べ、必ず見学に来て下さいとくり返し言うと、男は手をふって去った。

かれは、駅の近くの兵の集会所である大和倶楽部に行った。そこは宿のない兵たちの宿泊施設をも兼ねた建物で、部屋の中には多くの兵が体を接してごろ寝していた。かれは、兵たちの体の間をふんでわずかな間隙に身を横たえた。

深い安堵が、四肢にひろがった。女の家で受けた歓待が甘い記憶になってよみがえり、トラックに乗せてくれたソフトをかぶった男の好意に再び目頭の熱くなるのを感じた。

かれは、深く息を吸うと眼を閉じた。

翌朝、かれは多くの兵たちとともに倶楽部を出ると、駅前から始発の一番バスに乗って航空隊内にもどった。

整備兵としてのあわただしい勤務がつづいた。

十一月に入って間もなくブーゲンビル島沖で航空戦があったが、その戦果も芳しいものではないようだった。

その戦況がつたえられた日、幸司郎は、補充兵として入隊してきていた勅使原という男の口から思いがけぬ言葉を耳にして愕然とした。

勅使原は東京の三ノ輪にある鉄工所経営者の息子ということだったが、幸司郎に、

「こんな具合では日本は負けますね」

と、つぶやくように言ったのだ。

幸司郎は呆気にとられて、

「なにを言うか」

と、勅使原を殴りつけた。が、勅使原は拗《す》ねたようなかすかな笑みをうかべて黙っていた。

高等小学校しか出ない幸司郎は、大学教育を受けたという勅使原に卑屈感に似たものを感じていた。それだけに勅使原の口にした不穏な言葉が痼《しこり》のように胸に残った。

かれは、あらためて自分の周囲を見まわすような気持になった。開戦直後は華やかな戦果のみがつたえられて隊内にも沸き立つような空気があふれていたが、それがいつの間にか影をひそめてきている。航空隊の飛行場に絶えずエンジンを轟かせていた飛行機も、日を追うにつれてその数は少くなり、宿舎にみちていた航空兵も戦場へ戦場へと移動していって兵舎の人影もまばらになっている。それを補うために入隊してきた兵は、体格も貧弱な年長者が多かった。

幸司郎は、日本が敗れるなどとは思わなかったが、戦局は予想以上に悪化しているの

かも知れぬと思った。

十一月中旬になって、空気も冷えを増してきた。

或る日曜日の午前十時頃、かれは面会人があると告げられた。その日は半舷上陸で、かれは外出許可組ではなく隊内にとどまっていた。山田という面会人の姓に心当りはなく、いぶかしみながら衛兵所に隣接した面会所に行ってみると、トラックで送ってくれた男がソフトを膝において坐っていた。

幸司郎は、面会にきてくれた男に懐しさを感じた。

「元気でやっているかね」

男は、にこやかに笑って風呂敷から大福を入れた包みを出してくれた。

幸司郎は、男と向い合ってとりとめもない会話を交した。男は、十分ほどしてから、

「また会いにくる。風邪などひかぬようにね」

と言って、隊門の外へ出て行った。

その日、川崎の女からも慰問袋がとどいて、幸司郎は満足だった。女には無事に帰隊できたことをほのめかした手紙を送り、その返事という意味をふくんで慰問袋が送られてきたのだ。かれは、女の一家とそして山田という男を得たことに感謝した。

幸司郎は、男が面会に来てくれることを心待ちするようになっていたが、一週間後の

日曜日に、再び男が姿をあらわした。

幸司郎が面会所に入ってゆくと、男は前回と同じようにソフトを膝に置いて坐っていたが、

「今日は、隊内を見学させて欲しいと思ってきたんだが、どうだろうね」

と、遠慮がちな眼で言った。

幸司郎は、約束していたことでもあったので、すぐに衛兵所で男の見学許可を得ると、先に立って構内に入った。初冬らしい晴れた日で、冷たい風が吹いていた。その日も半舷上陸で人影は少く、飛行学生の操縦する赤い練習機が二機上空を旋回しているだけだった。

かれは、男を案内できることに誇らしさを感じた。男がしめしてくれた好意に、そんな形で報いることができることを嬉しく思った。

左手は果しなくひろがる広場で、道の右側に第一・第二宿舎が並び、さらに飛行学生の宿舎がつづいている。

「大した規模だね」

男は、ソフトを手にしてあたりにつつましく視線を伸ばしていた。

前方には九六式陸上攻撃機の掩体壕《えんたいごう》がみえ、その傍に二機の同種の飛行機が翼を光ら

せている。

幸司郎は立ちどまると、左手の広場の彼方に並ぶ建物を指さした。左端に予備学生の宿舎があり、その後方に病舎がある。二階建木造の建物は第一から第六までの兵舎が前後して並び、その後ろには、洗濯場、烹炊所《ほうすい》、食器消毒所、食器洗場、浴場、酒保、休養室が附属し、右方向には各科倉庫、灯油庫、そして広場の左側には道場、主計科・整備科倉庫、通信室の建物がつらなり、その背後を荒川沖からの引込線のレールが走っていた。

男は、それらの説明にうなずきながら、掩体壕の後方を右へ通じる道へ歩いてゆく。その方向には西門衛兵所があり、左方向には格納庫があって、そこからの一般見学は禁じられていた。

幸司郎は、赤トンボと称する練習機の傍で足をとめた。恩になった男に出来るだけ見学させてやりたかったが、それ以上進むことは規則違反になる。近くに一式陸上攻撃機と輸送機のＤＣ３が並んでいた。

「あれが一式陸攻か。近くで見てみたいな」

男が、つぶやくように言った。

「残念ですけどあれはだめです。並んでいる輸送機なら外観を見るぐらいは差支えありません」

幸司郎が答えると、男はかれの後ろからDC3の傍に近寄った。男は、飛行機のまわりを一周すると、

「近くでみると大きなものだね」

と、機体を見上げて言った。

二人は、そこから隊門の方へ引返した。

「今日はいいものを見学させてもらった。今度外出できる日曜日はいつだね」

男は、歩きながらたずねた。

幸司郎が次の日曜日だと答えると、男は、

「どうかね、その日の朝九時に亀城公園の入口で待っているが来ないかい。見学させてくれた御礼に御馳走するよ」

と、微笑しながら言った。

幸司郎は、顔を紅潮させてうなずいた。

かれは、次の日曜日がやってくるのが待遠しかった。男と会って話をしているとほのぼのとした気分が体に満ちてくる。二十歳も年上の男は十分な経済力もそなえているようだし、精神的にも頼り甲斐があるように感じられる。かれは、男に魅せられている自

分を意識した。

日曜日がやってきた。

外出できる時刻は午前八時半なので、九時までに男との待合わせ場所に赴くことはむずかしかった。かれは、バスで土浦の町に出ることを断念し、隊門を出るとすぐ左手にある自転車屋へ行った。その店では、帽子の裏側に記された兵籍番号を見せてわずかな保証金を払うと、自転車を貸してくれるのだ。

自転車屋の主婦は、藁半紙を束ねた貸出し簿に、横志整九〇一一というかれの兵籍番号を記入すると、緑色の自転車を曳き出してくれた。かれは、自転車にまたがると勢い良くペダルをふんだ。

亀城公園の入口に行くと、カメラを手にした男がすでに待っていた。そして、荒い息をつきながら自転車から降りた幸司郎に、

「少し待合わせ時間が早かったね。無理を言って悪かった。よく来てくれたな」

と、すまなそうに言った。

「いいんです。それよりも山田さんを待たせて気が気じゃありませんでしたよ」

幸司郎は、甘えるように頭をかいた。男の傍に立っているだけで、男の体温が自分の体に伝わってくるような胸の動悸のたかまるのを感じた。

男は、公園の近くにある大衆料理店に幸司郎を連れていった。二階に上ると、すでに部屋が用意されていて、幸司郎は男と向き合って坐った。窓からは、枯木にまじって常緑樹の起伏している公園の内部がよく見えた。

幸司郎は、男に問われるままに故郷の話をした。家が貧しいため小学生の頃から田畠の手伝いをさせられたことや、近くの山で茸《きのこ》採りをしたり川で魚をとった話などをした。かれは、男が親身に話をきいてくれることが嬉しくてならなかった。

かれは、兄が海軍に入っていたこともあって抑えがたい憧れをいだいて横須賀海兵団に入団し霞ヶ浦航空隊に配属になったことも口にした。そして、きびしい勤務に明け暮れる隊内生活を熱っぽい口調で話した。

「現在は、どんなことをしているのだね」

と、男は言った。

「整備ですが、最近は望楼に立っています」

と答えて、その内容を説明した。

かれの分隊に九九式艦上爆撃機が三機配属になっていて、急降下爆撃訓練がおこなわれている。地上の標的にむかって模擬爆弾が投下されるが、その附近に馬をひいた農夫などが通ることがある。

かれは、人馬を監視する役目で、その姿を認めると危険防止のため望楼の吹流しをおろして、機上の者に投下中止を告げるのだ。

「望楼の上は吹きさらしなんだろう」

「そうです。寒くて、体がふるえます」

「大変だな」

男は、同情するように眉を寄せた。

正午近くになって、男は女中を呼び天丼を注文した。女中が無言でうなずいて階段を下りてゆくと、男は、

「この店に燃料を入れてやっているので、わがままがきくんだよ」

と、言った。そして、燃料と交換に衣類や食料品を入手したりするので、自然と多くの業種の人との交際範囲がひろがっているとも言った。

久しぶりに口にする天丼は美味《うま》かった。幸司郎は箸を動かしながら、食糧の乏しくなった時代にこのようなものを注文できる男の能力に感嘆した。

食事が終ると、幸司郎は、男にすすめられるままに畳の上に仰向けになった。索漠とした軍隊生活を送る身を察して、そのような配慮をしてくれる男の気持が、幸司郎にはありがたかった。かれは、故郷の家に帰ったようなくつろぎを感じて手足を思いきり伸

ばした。

「大したことではないのだが、頼み事をきいてくれないかな」

男の声がした。

幸司郎は、半身を起した。

「君の隊には、落下傘がいくつもあるんだろうね」

男が、言った。

「どうだろう、その一つを見せてもらえないものかな」

男の眼に、弱々しげな光がうかんだ。

「見せてくれと言いますと？」

「貸してもらいたいんだよ」

男は、茶をのみながら幸司郎に眼を向けた。

幸司郎は、男がなぜ落下傘のことなどを口にするのか理解できず、

「落下傘を持ち出せというのですか」

と、問うた。

「無理かね」

「それは無理です。員数も定まっていますし、厳重に包装して格納してありますから

……」

男は、その答えを予期していたようにうなずいたが、

「四、五日借りるだけなんだがな。もとのままの形で必ず返すが、どうだろう。なんとかならないかね」

と、うかがうような眼をした。

幸司郎は、口をつぐんだ。男は単純に考えているらしいが、落下傘を無断で持ち出すことは、むろん軍律違反として処罰される。かれは、そのような罪深いことをする気にはなれなかった。

男は、煙草をとり出しながら、

「どうしても無理だというならやむを得ないが、君ならなんとか努力してくれるのではないかと思ったんだ」

と、つぶやくように言った。が、すぐに眼を幸司郎に向けると、

「こんなことを言いたくはないが、終列車に乗りおくれた君をトラックで送ってやったのは私なんだぜ。ちょっと借りたいと言っているだけなんだ。すぐに返すから貸してくれないかい。もしも貸してくれたら、今後どんなことにでも相談に乗るから……」

と、上ずった声で言った。

幸司郎は、二十歳以上もちがう男の哀願に狼狽した。たしかに半殺しにされずにすんだのは、男のトラックに乗せてもらったからだ。その好意に報いたい気持は強いが、軍の所有物をみだりに持ち出すことはできない。

「なぜそんなものが必要なのですか」

幸司郎は、困惑しきった表情でたずねた。

男は、淀みない口調で説明した。かれの知人が繊維会社を経営していて、落下傘を製造し海軍に売込むことを企てている。が、海軍で現在使用している落下傘は従来のものとは規格が変っていて、紐も絹以外のものが使われているらしい。その知人は新しい規格のものを試作するため、その入手を男に依頼したという。

幸司郎は、落下傘を借りたいという男の言葉の背後に大人の世界がひらけていることを知った。その大人たちが弱年の身である自分を頼りにしていることに面映ゆさを感じた。

かれは、思案するように腕を組んだ。自分が大人扱いされていることを意識した。貧農の生れである自分が、男や繊維会社の経営者たちと対等の立場で接することができるのは、海軍に籍を置いている賜《たまもの》だとも思った。

「無理だとは思いますが、なんとかしてみましょうか。だが、いつまでと期限をつけられては困ります。持ち出すのに都合のよい時機というものがありますから……」

かれは、自分の口調が尊大なものになっているのを意識した。

その日、雑談をした後、幸司郎は男と別れた。

次の日曜日、男は幸司郎を訪れてきた。面会所には、だれもいなかった。

男は、隣接した衛兵所の気配をうかがうようにして、

「どうした、覚悟はきまったか」

と、低い声で言った。

「きまった」

幸司郎は、反射的に答え、そして狼狽した。男の懇願を受けてから一週間、かれは重苦しい日々を過した。落下傘がしきりに眼にとまり、その度に持ち出すことなど到底出来ないと身を竦《すく》めた。かれは、男に会ったら依頼を断わろうと思っていた。が、刺すような男の眼にふれた瞬間、言をひるがえすことはできないことを知った。

「どうだ、今日明日のうちに持ち出せる自信があるか」

男の押し殺したような声に、幸司郎は自然にうなずいていた。

かれは、男からのがれられぬ自分を意識した。男の言葉は、蜘蛛の糸のように体にからみついてくる。約束を果せぬと言った折の男の反応が恐しかった。男のしめしてくれ

た好意にそむきたくはなかった。

男は、短期間のうちに落下傘を返してくれると言う。それが事実なら、上司には発覚せずにすむにちがいない。いまわしいことは一刻も早く終らせるべきだと思った。

「それなら明日午後七時に、格納庫近くの飛行場係詰所の裏手へ持ってきてくれ。そこで受け取る。ただし、落下傘の傘体だけでいい。補助落下傘はいらない」

男の声は低く、そして早口だった。

幸司郎がうなずくと、男は表情をやわらげ、明るい声で、

「いい天気だね」

と、窓の外に眼を向けた。

男は、ソフトをいじりながら、燃料の仕事も思わしくないので軍需工場につとめようと思っているなどと言った。

十分ほどして男は腰を上げると、

「それじゃ、又来るよ。元気で勤務にはげんでくれな」

とさりげなく言って、面会所を出て行った。

幸司郎は、隊内にもどった。

男の口にした格納庫とは特別第四格納庫で、九七式艦上攻撃機三機その他が納められ

ている。

かれは、その格納庫の要具係で、落下傘を持ち出すことも可能な立場にある。格納庫の近くには、たしかに男の言う通り飛行場工事関係者の詰所がある。現在は工事もおこなわれていないので空詰所同然であり、しかもその裏手には柵もなく隊外につづいている。落下傘受渡し位置としては、最も適している場所であった。

幸司郎は、男が隊内の事情に精通していることに驚いたが、その周到さは落下傘を持ち出す自分に対する心遣いの故だと思った。かれは、男の年長者らしい深い配慮を感じとった。

要具類の管理には厳しい規則が設けられていたが、実際にはそれほど厳格なものではなかった。道具を借りる時は要具係の許可を得て一定期間内に返却することになっていたが、借りたものをそのまま各自が私物化している場合も多い。

そうした事情を知っているだけに、かれには自分のとろうとしている行為に対する罪の意識が淡かった。落下傘は常時使用するものではなく、短期間内に格納位置にもどしておけば罪になるおそれはない。軍隊での罪とは上司に発覚した時に初めてその形をとるものだということを、かれは三年間の海軍生活で気づいていた。

そうした判断が男の請いを受け入れた原因であったし、翌日の夕方、実際に落下傘持出しを決行する折にもかれを冷静にさせ大胆にした。

その日、かれは要具類を整理する風を装って日没近くまで格納庫に残った。勤務時間もすぎて、格納庫は無人になっていた。

かれは、棚に近づくと包装された落下傘を引き出し、補助落下傘をはずして、自分の要具類の抽出《ひきだ》しの中に押しこんだ。そして、傘体を圧縮すると革トランクに詰め庫外に出た。すでに夕闇は濃く、空には星の光が浮びはじめていた。

かれは、格納庫の傍の石のかげにトランクをかくし、駈足で分隊にもどると、同僚たちと夕食をとった。かれは食器を洗いながら腕時計に眼を向けた。時刻は六時三十分であった。

かれは、兵舎にもどったが、すぐに外に出た。舎外の夜の色は、さらに濃くなっていた。

かれは、散策するような足どりで広場のふちに沿って進んだ。食後の休養時間であるためか、あたりに人影はない。罪の意識は依然として淡かったが、ただ一人でひそかに歩いていることが、かれに後ろ暗さを感じさせた。

石のかげに、黒いトランクが冷たい夜気を吸いこむように横たわっていた。かれは、それを手にとると、近くの火薬庫の方向に視線を向けた。そこには、火薬庫の番兵が終夜立哨している。

かれは、火薬庫を遠く迂回して指定された飛行場係詰所の裏手に近づいた。闇の中に、人影がうずくまっていた。約束の時刻よりも早目に自分のくるのを待っていた男に、かれは男の几帳面な性格を感じた。

鞄を渡すと、男は無言でかれの肩を親しげにたたいた。

「いつ返してくれますか」

幸司郎は、男に寄り添うようにしゃがんでたずねた。

「今度の日曜日は外出日だな。その日に亀城公園で渡す。公園の入口に正午に来てくれ」

男は、後ずさりしながら答えた。そして、闇の中で白い歯列を見せ、かすかに手をふると枯草をひそかにふんで道に出た。

幸司郎は、男が道の闇に没するのを見定めてからその場をはなれた。

兵舎にもどったかれは、上機嫌だった。落下傘はなんの障害もなく持ち出せたし、男に渡すこともできた。男から受けた好意に報いることができ、しかも男に喜んでもらえたことが、かれには嬉しかった。枯草の闇の中でみた男の歯列の白さが眼にうかび、男が感謝するように肩をたたいてくれた掌の感触がいつまでも残った。

しかし、その翌日、日が没した頃からかれの胸にかすかな不安がきざしはじめた。男は、日曜日に落下傘を返してくれると言ったが、その保証はなにもない。第一、男が山田という姓であることを知っているだけで、その住所も教えてもらってはいない。

もしも男が、そのまま姿を現わさず落下傘を返却してもらえなければ、自分は軍の所有物を窃取した罪に問われる。そのような折には、どのような懲罰が下されるのか、かれには想像もつかなかった。少くとも帰隊時刻に遅れたことよりはるかに苛酷な制裁が加えられることはまちがいない。

かれは、闇の道を去っていった男の姿を心許ない気持で思い起していた。

鬱々とした日が過ぎた。不安は日を追うにつれてたかまり、土曜日の夜は釣床に入った後も目が冴えて眠りにつくことができなかった。

翌日、かれは隊門を出るとバスで亀城公園の入口に行った。時刻は午前十時を少し過ぎたばかりで、約束の時間にはかなり間があった。かれは、その附近を歩きまわった。男が来そうもないという予感が、しきりにかれを苦しめた。

窃盗罪という言葉が、くり返し胸に浮んだ。厳しい処罰を受けると同時に、故郷の両親をはじめ肉親たちにも汚名をあたえることになる。かれは、脱走して自ら命を断ってしまおうかとも思った。

時計の針が、十一時三十分をしめした。

かれは、道の角を曲ってくる人の姿を見た。崩れたソフトに灰色のオーバーを着た男が、黒い鞄をさげて歩いてくる。

かれの眼に、熱いものがにじみ出た。男は、正午に持ってくると言っていたが、約束の時刻より三十分も早く姿を現わした。男に疑念をいだいたことが、恥しく思えた。男は、自分を温かく包みこんでくれている。

男は、幸司郎の前に立つと、

「元気かね」

と、頰をゆるめ、幸司郎をうながすと、料理屋の軒をくぐった。

二階の部屋に上ると、男は鞄をあけて内部の落下傘をしめし、蓋を閉じると幸司郎の膝もとに押して寄越した。

男は、繊維会社の知人が喜んでくれたことを述べてから、なにか御馳走をすると言った。

幸司郎は、ためらわずに天丼が食べたいと答えた。男は、笑い、茶を持ってきた女中に、天丼を持ってくるように命じた。

やがて天丼が運ばれてきた。男は、幸司郎の丼をかかえた姿を微笑しながらながめていた。

その日、幸司郎は落下傘を持っているので夕方匆々《そうそう》に隊内にもどった。隊門では緊張したが、出門する時は持物しらべが厳重におこなわれても入門の折には無検査なので、挙手して門を無事通過することができた。

かれは、深い安堵を感じた。落下傘は手元にもどったし、後はそれを格納庫の棚に返しておけばよい。

かれは、鞄を格納庫の二階にかくし、傘体を格納棚にもどす機会を待った。

翌日から、かれは再び望楼に立って九九式艦上爆撃機の急降下爆撃の監視任務についた。望楼上には、霞ヶ浦を渡ってくる寒風が吹きつけ、雪国育ちのかれも寒さに身をふるわせた。

落下傘を返してもらってから三日目の夜、かれは高橋という上飛曹のもらした言葉に顔色を変えた。高橋は落下傘の管理を担当しているが、格納庫棚の落下傘が一体不足しているという。

幸司郎は、自分の迂闊《うかつ》さを悔いた。落下傘を受け取ってすぐに返しておくこともできないわけではなかったが、かれは、要具係の当番がまわってくるまで待とうと思っていた。要具係になれば、落下傘を確実に見とがめられずに棚にもどすことができるはずで、慎重にかまえていたのが思わぬ結果を招いたことを知った。

かれは、すぐに格納棚へ鞄の中の落下傘を返そうかと思ったが、それは却って危険だと思い直した。高橋上飛曹は特別第四格納庫内の落下傘が一体不足していることを知っている。もしも自分が落下傘を返しておけば、だれかが盗んでまたもとに戻したと推測するだろう。嫌疑が自分に向けられるとは限らないが、隊員の訊問が開始されることはまちがいない。

要具類の中には私物化している物が多く、帳簿に記載されている数字と保管されている道具の数とはかなりの相違があるはずである。落下傘もその一つとして曖昧《あいまい》に処理されることが好ましいが、そのためには落下傘を返さずにじっと時機を待っている方がよさそうに思えた。

その日からかたい枷《かせ》に全身をしめつけられているような重苦しい時間が流れた。高橋上飛曹は、その責任感から積極的に落下傘の点検をはじめていた。その手伝いをしている者の話によると、他の格納庫では、逆に帳簿に記載された数より多い落下傘が出てきたともいう。

幸司郎の不安はつのった。やがて帳簿は正確に整理され格納数もたしかめられて、かれの持ち出した落下傘が不足品として浮び上るだろう。そして、隊内の本格的調査もはじめられ、鞄の中の落下傘も発見されるにちがいない。

かれは、落着きを失った。追及が開始される前に、鞄を見つからぬ場所に移しておく必要がある。落下傘は、あくまでも紛失物として処理されることが好ましい。

落下傘の処理について思案したかれは、一つの結論を得た。それは、落下傘を航空隊の外に移してしまうことだった。その計画を思いついたのは、男に貸すため落下傘を隊外に持ち出した経験があったからであった。その企てを成功させるためには、男の仕組んだ通りの方法をとることが賢明だと判断した。

かれは、外出の許可される日曜日を待ち、前日の夕方、隊員の眼をかすめて庫内から鞄をひき出した。

かれは、男に落下傘を手渡した夜と寸分たがわぬように鞄を格納庫近くの石のかげにかくした。そして、兵舎にもどって夕食をとると、舎外に出て広場のふちを進んだ。前回と同じように星はわずかに散っていて、人影もなかった。あの夜と同じように……と、かれは自分に言いきかせながら、鞄を手にとると火薬庫を遠く迂回し飛行場係詰所の裏手に出た。

かれは、男が枯草の繁みの中にうずくまっているような錯覚を感じた。と言うよりは、待ってくれているような期待をいだいた。が、むろんそこに人影はなく、道をへだてた耕地の彼方に遠く灯の点在しているのが見えるだけだった。

かれは、道の傍の枯草の中に鞄をかくし、足早にその場をはなれた。兵舎にもどったかれは、男の仕組んだ通りにすれば、すべてが順調に運ぶのだとかたく信じた。かれはくつろいだ気分になって、酒保におもむくと菓子を口に頬張った。

翌日、隊外に出たかれは、道の傍にかくしておいた鞄を手に、荒川沖の下宿契約をしてある農家に行った。そして、自室の押入れをあけるとふとんの奥に押しこんだ。

かれは、気も軽くなって土浦にもどると町の中を歩いた。物資不足で閉ざされた店が多かったが人の動きには師走らしいあわただしさがあって、空気は凍りついたように冷えていた。

昭和十九年が明けた。

戦局の悪化は、一層深刻なものになっていた。前年の暮れ近くには徴兵年齢の一年引下げが発表され、敵機の空襲も予想されて東京など大都市に建物疎開命令が出されていた。太平洋上の制海・空権はアメリカ側に移行しているらしく、航空隊に離着陸する飛行機の動きもあわただしくなって、飛行機の数も減少しはじめていた。

そうした戦況に下士官や古兵の神経もすさんできていて、兵にむけられる制裁は一層激しさを増した。殊に補充兵の過失がしばしば摘出されて、連帯責任を課せられた隊の者たちが同時に体罰を受けた。が、幸司郎はそのような制裁よりも、高橋上飛曹を中心とした不足落下傘の調査におびえていた。

ひそかにつづけられていた調査で、分隊附属の落下傘が一体不足していることが確認され、その行方の捜査がはじめられていた。兵舎内の点検もおこなわれ、一人一人呼び出されては訊問を受けるようにもなった。かれは、落下傘を下宿に置いてあることに不安を感じるようになった。

日曜日に、かれは男が訪れて来たことを知り面会所へ急いだ。周到な実行力をそなえ自分に温情を寄せてくれている男なら、苦境を理解して適切な指示をあたえてくれるにちがいない。それに、すべては男に落下傘を貸したことからはじまったことで、男が相談に乗ってくれてもよいはずだと思った。

面会所の椅子に坐っている男は、いつものように屈託のない微笑でかれを迎えた。

幸司郎は、

「困ったことになった」

と、すぐに言った。そして、隊内で厳重な調査が進められていることを説明し、落下傘を下宿に運び出してあると告げた。どうしたらいいだろう、とかれはくり返し言った。

下宿に捜査の手がのびれば、たちまちかれは罪に問われる。

黙って話をきいていた男は、突然口をひらくと、

「そんなに心配なら、今度の外出日に田舎へ持って行ってしまえ」

と、たたきつけるような低い声で言った。眼に刺しつらぬくような光が凝結していた。

田舎へ？　と反問した幸司郎に、男は体を乗り出すと、

「急行でゆけば、日帰りできるじゃないか。落下傘は不用になったもので、珍しいからもらってきたと家族に言えばよい。ただ特別にゆずってもらった物だから、近所の者には見せるなと念を押すのだ」

と、言った。

幸司郎は、男の断定的な言葉に、はいと答えた。男は深い思慮と決断力をもっている。その指示にしたがえば、失策を犯すはずはない。かれは、救われたと思った。

男は硬い表情をくずすと、かれの肩を無言で優しくたたいて腰をあげた。そして、三週間後の外出日に、亀城公園で会うことを約して面会所を出て行った。

次の日曜日に、幸司郎は男の言葉に従って荒川沖の下宿先に行くと鞄を持ち出し、急行に乗った。水戸までが外出範囲だったが、かれはさらに北上する列車に乗って故郷の四ツ倉駅に降りた。

突然の帰郷に家族は驚き、喜んだ。かれは、鞄のふたを開けて畳の上に落下傘をひろげてみせた。燻《くす》んだ部屋に、落下傘は隊内で眼にするよりもひどく美しく豪華なものにみえて、かれを萎縮させた。

「こんな立派なものが不用のものなのか。勿体ないな」

父親は、恐る恐る傘体に指をふれさせ、弟ははしゃいでその周囲を走りまわった。

幸司郎は、近所の者たちに見せてはならぬと念を押し、傘体を納屋に蔵《しま》っておくように頼んだ。

かれは、一時間ほど家にとどまって匆々に駅へとむかい、夜おそく土浦の駅に帰りついた。その夜、かれは久しぶりに遊廓へ足をふみ入れ、女を抱いた。安堵が、かれの気分をくつろがせていた。

隊内では、落下傘の捜索も中断したらしく平穏な日々がつづいた。かれは、故郷の家まで落下傘を探しに行くことはあるまいと思いながらも、高橋上飛曹たちの動きを注視していた。男に長い間会っていないことが、ひどく不安であった。

二月に入って第一週目の日曜日に、かれは亀城公園へ行った。公園入口の柵の傍にオーバーのポケットへ手を突き入れた男の姿を眼にした時、かれは自然に走り寄っていた。

「元気かね」

かれは、やわらいだ眼をして言うと、先に立って公園の中に入っていった。

公園は寒々としていて、人の姿は稀だった。

男は池の畔《ほとり》のベンチに腰を下ろし、幸司郎もその横に坐った。

「田舎へ持って行ったかい」

男は、煙草をとり出しながら幸司郎の顔に眼を向けた。

幸司郎は、うなずいた。

「よし、それでいい。田舎の家までは探すものか。安心していればいいさ」

男の言葉に、幸司郎は再びうなずいた。

かれは、冷たい風の渡る池の水面をながめた。岸に近いあたりの水は凍っていて、ほの白く張った氷の上に枯葉が落ちている。

男は、煙草をうまそうにくゆらせていたが、

「あんたには、無理だろうな」

と、つぶやくように言った。

幸司郎は、男の顔に眼を向けた。

「桃色の表紙をした本のようなものなのだが、三冊で一組になっているのだ。そんなものは見たことはないだろうね」

男は、池をながめながら言った。

幸司郎は、男の口にしたものがなんであるのか、すぐに思い当った。それは、特別第三格納庫に附属した事務所の棚の上に航空機飛行記録などの書類にまじって置かれている印刷物にちがいなかった。たしかに男の言う通り桃色の表紙をした三冊綴りになっている。

「見たことがありますよ」

幸司郎は、池に眼を向けながら答えた。

男が、かれの顔を見つめた。眼鏡の奥の眼が光ったが、男の唇はすぐにゆがみ、その眼には冷笑するような光がうかんだ。

「そんなことはないさ。その本は海軍で大切にしているものなんだ。君程度の階級の者の眼にふれるわけがないよ」

男は笑った。

「見ましたよ。何度も見ています」

幸司郎は、男に疑われたことが悲しかった。かれは、男に偽りを口にしたことはなかったのだ。

「どこで」

男の笑いの表情は、消えない。

幸司郎は、その印刷物が事務所の棚の上にあり、鍵のかかった場所でもないので中をのぞいたこともあることを口早に告げた。

「そんな所にあるものか。金庫かなにかに厳重に保管されているはずなんだ。士官でなければ見ることはできないよ」

男の言葉に、幸司郎は一層苛立ち、その本の内容を説明した。それは、艦船の呼出符号を記載したもので、大和、武蔵などの艦名の下に片仮名で暗号符号が印刷されていた。

男の顔から、笑いの表情が消え、黙って煙草をくゆらしながら池に視線を伸ばしていた。

幸司郎の胸に、かすかな疑念がきざした。男は、なぜそのような艦船呼出符号表のことを口にしたのだろう。もしかすると、男は日本海軍の機密を探り出そうとしている人物なのではないだろうか。男は、その呼出符号表を自分に持ち出せと言うのかも知れない。

幸司郎は、その符号表を「見た」と言ってしまったことを悔いた。かれは、自分が男の意のままに行動し、しゃべってきたことに気づいていた。持ち出せと言われれば、その言葉に従いそうな予感もする。かれには、自信がなかった。

しかし、男は、その日再び符号表のことにはふれず、別れ際に、

「落下傘のことで心配をかけて悪かったな。でも、もう心配はいらないよ。今度の日曜日にまた面会に行く。どんなことにでも相談にのるから……」

と言って、いつものように肩をたたいて去った。

幸司郎の男に対する疑念は消えた。男と自分が親しく交わるようになったのは、上野駅で男が偶然トラックに乗せてくれたことからはじまったもので、そこに作為は感じられない。落下傘を持ち出したのは男の請いによるものだが、その後の処置も親身になって相談に乗ってくれている。

男は、絶えず「海軍が好きだ」と口癖のように言っている。会えば零式艦上戦闘機や一式陸上攻撃機のことを話題にし、その性能、構造などにも詳しい。呼出符号表のことを口にしたのも海軍に対する深い関心から発したもので、持ち出すことを指示しなかったのは男に他意がなかった証拠に思えた。

幸司郎は、男にかすかながらも不審感をいだいたことを罪深いことのようにも感じた。かれは、男から落下傘のことについて心配はいらぬといわれたことによって、鬱々とした気分も晴れた。要具管理の実情を知るかれは、落下傘一体の紛失など不明のまま処理されるだろうと不逞《ふてい》な考え方をもつようにさえなった。

しかし、打ち切られていたと思われていた落下傘の糺明《きゅうめい》が、その翌日から異常なほどの激しさで再開された。

落下傘の管理を担当している高橋上飛曹の表情はきびしく、責任を課せられた者の苦渋が色濃くにじみ出ていた。そして、要具係を担当していた者の調査がはじめられ、幸司郎も高橋の部屋に何度も呼び出された。

やがて落下傘の紛失事故は航空隊上層部にも報告されたらしく、捜査は航空隊全般にひろがっていった。

眠れぬ夜がつづいた。高橋上飛曹は、草の根を分けても探し出すと沈鬱な表情で言っていたので、故郷の家に捜査の手がのびるかも知れない。かれは、高橋が自分に疑いをかけているのではないかとさえ思った。入団以来過失を犯したことはないが、要具係をしていたかれは持ち出すことも可能な立場にある。

男の願いを容《い》れたのがいけなかったのだ、と思った。ほとんど罪の意識もなく男に落下傘を貸してしまったが、それから三カ月近くかれは悩み、そして落下傘をかくすため故郷へあわただしく旅もした。

かれは、隊外で悠長に暮している男を恨めしく思うと同時に、自分の苦しい立場を口にしたい思いにも駆られていた。

日曜日に、約束通り男は幸司郎に面会に訪れてきた。

「やあ」

男は、幸司郎が面会所に入ってゆくと頰をゆるませた。

幸司郎は椅子に坐ると、

「大事件になってしまいました。困っているんです、どうしたらいいかわかりません」

と、低い声で言った。かれは、事件の発端は男にあり、その責任をとってもらいたい気がしきりにした。

男は、急に冷淡な表情になり、口をつぐんだ。面会所に人はいず、隣接した衛兵詰所からは私語がきこえてくるだけだった。

幸司郎は、すがりつくような眼で男の顔を凝視した。男は、尖った顎に手をそえて黙っている。

そのうちに、男が不意に顔を寄せてきた。その眼には、今まで眼にしたことのない険しい光がうかんでいた。

「いいか、最後の手段だ。特別第四格納庫に九七式艦上攻撃機があるだろう。その中から落下傘を一体とり出して棚の上に置け。そして、九七艦攻を思いきってバラしちゃえ。飛行機の中の落下傘も吹きとんでしまえば、員数もなにもわからなくなる」

男の声は、鋭かった。

幸司郎は、顔色を変えた。

かれは、身をふるわせ首をふった。

「しっかりしろ、そんな大事件になっているなら、やってしまう以外にないじゃないか。落下傘を持ち出したことが発覚すれば、お前は軍法会議送りだ。まちがいなく死刑になるぞ。それがいやなら、バラすのだ。やっちゃえ、さもないと死刑に処せられるぞ」

男の声は低かったが、幸司郎の胸を突き刺すような鋭いひびきがこめられていた。

「しかし、バラすと言っても……」

幸司郎は、かすれた声で辛うじて答えた。

「その方法は、おれが考えておく。今度の日曜日の正午に亀城公園へ来い。だれにも気づかれず爆破できるやり方を考える。いいな」

男は、幸司郎を見つめると席を立った。

次の日曜日に、幸司郎は男に会った。男は、かれを料理屋の二階に導き、女中が茶を持ってくると、

「家庭内のこみ入った話をするから、後で呼ぶまで席をはずしていてくれ」

と言って、幾許《いくばく》かの金を渡した。

女中が去ると、男はオーバーの内ポケットから幾重にも畳まれた紙をとり出した。それを畳の上にひろげた時、幸司郎は眼を大きくみひらいた。それは、九七式艦上攻撃機の詳細な構造図であった。

幸司郎は、男がその図面をどこから入手したのか理解に苦しんだ。が、かれには落下傘のことのみが頭を占めていて、そのような詮索をする精神的なゆとりはなかった。

男は、九七艦攻の後部座席のあたりを指さし、

「ここにあるバッテリーの傍の箱の中に、照明弾が束状に六個詰めこまれている。その中に、これを突き入れろ」

と言って、オーバーのポケットから十二、三センチの長さをもつ細い円筒状のものをつかみ出した。それは、エボナイトのようなものでおおわれていて、その一端にスウィッチ状のものが突き出ていた。

「このスウィッチを手前にひいて照明弾の中に入れれば、それですべてが思い通りになる。三十分後にこの装置が自然に発火して照明弾に点火する。九七艦攻が爆破されれば、落下傘も消えてなくなる。そうすればお前は、死刑をまぬがれることができるのだ」

幸司郎は、男の言葉がいつの間にか傲岸なものに変っていることに気づいた。それは、いつから始まったものかわからないが、眼にもおだやかな光は消えている。トラックに

乗せてくれたり天丼をすすめてくれた頃の男とは、別人のように険しい表情になっている。

しかし、幸司郎は、そうした態度の変化も事態が急激に悪化したため男が真剣になっているからだと思った。男は、落下傘を持ち出させた責任を感じて、軍法会議に送られるおそれもある自分をなんとか救い出そうと努めているのだろう。

それにしても幸司郎は、男のもつ能力に唖然《あぜん》とした。落下傘の紛失を隠蔽《いんぺい》する方法として九七式艦上攻撃機の爆破を考えつくことは、常人の頭脳では果せない。たしかにその攻撃機には乗員三名の使用する落下傘が三体備えつけられている。その中の一体を引き出して格納棚にもどし飛行機を爆砕してしまえば、常識的に機内の落下傘三体も消滅したと推定されるだろう。そして、棚の落下傘数も一体増加していることが確認されて、紀明は完全に打ち切られる。

それに爆破の方法もきわめて容易で、幸司郎が失策をおかさぬよう十分な配慮がはらわれている。装置は小型で発見されるおそれはないし、男の言葉が事実なら、ただその装置を照明弾の中に突き入れるだけで目的は達せられる。男は、一週間前の日曜日にその方法を「考えておく」と言ったが、わずかな日数の間に計画を立て発火装置をこしらえ上げて持ってきてくれたことが、不思議でならなかった。

男は、さらに九七式艦上攻撃機の図面の一個所を指さして、この注射ポンプをあけておくようにと言った。そのポンプをあけておけば、エンジンの内部にも生のガソリンが注入されて爆破を容易にするというのだ。

「それでは、これを渡す。この装置には二種類の薬液が入っていて三十分たつと自然に化合し発火する仕掛けになっている。これを照明弾の中に突き入れさえすれば、死刑にもならずにすむのだ」

男は、手にした円筒状のものをさし出した。

幸司郎は、うながされるままに受け取ると襟元から下着の間に落しこんだ。その瞬間、かれの体に激しいふるえが起った。九七式艦上攻撃機は真珠湾攻撃にも参加した高性能の攻撃機で、その瀟洒《しようしや》な姿はかれにとってこの上なく貴重なものに思えた。整備兵であるかれは、エンジンを整備し美しい機体を清めてきた。その九七艦攻を爆破してしまうことなど、自分には到底出来そうに思えなかった。

男は、幸司郎の蒼白な顔を見つめていたが、

「あんたは若いからまだわからぬだろうが、人生には岐路というものがある。今、あんたは、その別れ道に立っている。左へ行けば軍法会議送りになって死刑に処せられる。右へ行けば事件は不明のままに終って、命も助かる。飛行機を爆破するのには勇気がい

るだろうが、生きていることさえできればお国のために御奉公もでき、その罪も帳消しになる。おれは、あんたの最善の道をと思って知恵を貸した。後は、あんたの決心次第だ」

と、突き放すように言うと立ち上った。そして、ふと思いついたように、

「今、天丼を運ばせるから食べてゆけ。それから、今後は危険だから面会は一時やめておく。ただし外出日の正午には、この公園の入口で待っている」

と言って、階段をおりて行った。

幸司郎は、一人取り残されたことに心細さを感じた。頭の中に、熱した砂礫がつめこまれているようで、食欲も湧いていない。

かれは、帽子をとり外套を手にすると男を追うように階段を下りた。そして、顔見知りの女中に注文を断わると、外に出た。が、男の姿は、すでに路上にはなかった。

新たな苦痛にみちた日々がはじまった。落下傘の紛失事件に加えて、それをもみ消すための九七式艦上攻撃機の爆破がかれに課せられた。かれは年があけて二十歳になっていたが、それは若いかれにとって背負いがたい重荷であった。

かれは、あらたな眼で九七式艦上攻撃機を見つめた。それは三機あって、カの501、502、503と略称され、特別第四格納庫に納められていて、時折り対潜哨戒のため

に出動してゆく。

　プロペラが回転し離陸点に達すると、ほっそりとした機体はなめらかに走り出して地上をはなれる。そして、両脚を抱きこむようにして引きこむと、翼を輝かせて優れた速度で空の一角にとけこんでゆく。海軍機にあこがれて志願入団した幸司郎にとって、それは恍惚とするような美しい姿態にみえた。

　しかし、かれはひそかにその飛行機がきらびやかな炎を発し四散する幻影を思い描くようにもなっていた。翼は炎につつまれて空中に飛散し、ジュラルミンの胴体は炎に妖《あや》しく映える。それは、端正な姿をした飛行機にふさわしい華麗な光景にちがいなかった。

　そうした幻影を追う自分を意識する度に、かれは首を激しくふった。かれにまといついて離れないのは、死へのおびえであった。絞首刑か銃殺刑か、いずれにしても自分の肉体は消滅する。血液は凝固し、体温は低下して、やがては腐爛《ふらん》してゆくだろう。二十年間を生きたにすぎないかれには、早くも残照に似た終末感が根強く定着していた。

　かれの眼に、枯れた樹木も乾いた土も磨きぬかれたプリズムを通してながめるように新たな彩りと光に包まれたものとして映るようになった。冷えびえと冴えた光を放つ月や星座も、視覚に鋭く突き刺さってくる。かれは、水替えしたばかりの水槽をのぞきこむように、自分を包む世界をながめた。

夜、精神棒で臀部をたたかれる時も、激しい肉体的苦痛に堪えながら今までとは異なった感情の中に身を置いていた。かれは、故郷の山の稜線に没してゆく夕照の色をしきりに思い浮べていた。苦痛は、一種の恍惚感をも生んでいた。かれは、時折り些細なことにも眼に涙をにじませるようになっていた。

落下傘の捜索はさらにきびしくつづけられたが、外出日には男と会った。

男は、くり返し軍法会議、死刑という言葉を口にした。人生の岐路に立っているのだから、思い切って生きる道に進めとも言った。「あんた」と言っていた男が、いつの間にか「お前」と言うようにもなっていた。年長者のおれの言う通りにすれば、すべてはうまくゆくのだ、とも言った。

幸司郎は、はい、はい、と男の言葉にうなずいた。

飛行機の飛散する光景と処刑される自分の姿が、万華鏡の紋様のようにかれの胸を交互に訪れた。幻影は、徐々に現実的な意味合いをもつものとして感じられるようになった。

或る朝起きると、兵舎の外には夜の間に降った雪が淡くひろがっていた。その雪の白さを眼にした時、かれは啓示に似たものに襲われた。単葉の翼が、セロファンのような透き通った炎をなびかせながら空中に舞う光景を、かれははっきりと眼前に見た。

午後になると、雪は斑《まだら》になった。

かれは、要具係として特別第四格納庫内にいた。冬の陽が傾きはじめた。

かれの眼は、仔細に周囲を観察した。広い格納庫の左側には、九七式艦上攻撃機が三機並べられ、その左側に九〇式機上作業練習機が十二機納められている。庫外の飛行場では、飛行学生が赤トンボと称される練習機で日の暮れるのを惜しむように、しきりに離着陸訓練をつづけている。

庫内は、無人だった。ただ格納庫の裏に接した事務所に、播磨と青木という整備兵二人が、飛行時間記録等の整理事務をおこなっているだけだった。

死刑という言葉がおびやかすようにかれの胸をかすめ過ぎたが、それよりもかれは男のすすめにさからってはならぬという気持の方が強かった。男は、自分のために発火装置を作って渡してくれたし、爆破方法も教示してくれた。その好意にそむくわけにはゆかぬ、と思った。

かれは、左端に翼をひろげているカ502の符号のある九七式艦上攻撃機の機体に近づいた。庫外からは、訓練中の練習機の軽い爆音がかすかにきこえてくるだけで、あたりに人の気配はない。

かれは、機上にあがると内部に眼を向けた。整備作業をおこなう時と同じように、心の動揺が全くないことを不審に思った。

後部座席の傍にバッテリーがあり、そこに箱がおかれていてサイダー瓶のように照明弾が六個詰めこまれていた。

かれは、その場所に照明弾のあることを知ってはいたが、男の指摘通りの数がそこにあることに新たな発見をしたような感嘆をおぼえた。男の言うままにすれば成功するという確信が、かれの内部に湧いた。

ポケットから出した円筒状の装置は、体温で温かくなっていた。かれは、その表面から突き出ているスウィッチを倒し、照明弾の束の中に突き入れた。

かれの手足は、自然に動いた。腕時計をみて午後五時二十二分であることをたしかめてから、後部座席の落下傘の傘体をひき出した。それを胸にかかえると落下傘が雑然とおかれている棚にはこんで載せた。

機体にもどったかれは、注射ポンプをひらいてガソリンがエンジン部にまわるように工作した。男から指示された作業はすべて終った。

かれは、自分の冷静さを意外に思った。と言うよりは、冷えきった感情を持て余していた。そのままいつまでも、その場にたたずんでいてもいいような気持さえしていた。

かれは、その平静さを利用すべきだと思った。男から受けた指示以上のことを実行することで、男にも感心されたいという気持が湧いた。

かれの眼は、格納庫の壁の傍に置かれているバケツに向けられた。その中には、ガソリンにひたされた機体を拭う布が入っている。かれは、バケツに近寄るとガソリンをしたたらせた布をつかみ出し、再び機上にあがると発火装置を突き入れた照明弾の束の上に置いた。

それで、仕事はなにもなくなった。時計をみるとわずかに五分間が過ぎただけであった。

かれは、徐《おもむ》ろに格納庫の外へ出た。その瞬間、ゼンマイ仕掛けの玩具が突然動きはじめたように、かれの体に激しいふるえが起った。感情は冷えきっているのに、体の筋肉だけが自動的に痙攣《けいれん》を起している。膝頭の関節には力が失われ、歩くのも宙をふむように心許ない。歯列は音を立てて鳴り、唇が生き物のようにふるえた。

かれは、口を開き掌で顔を荒々しくこすった。余りの激しいふるえに、かれは立っていることにも堪えられなくなった。

恐怖がやってきたのは、遠く兵舎の灯を眼にした時だった。そこには隊内生活が待っているが、かれにはその舎内に足をふみ入れることができないことに気づいた。足の痙攣がさらに増して、膝がくずおれかけた。

傍に兵器調整所の建物があった。かれは、よろめくように建物内に入ると、小動物のようにうずくまった。

頭の中に炭酸水の気泡がはじけるような音がしきりにしている。かれは、虚脱した意識の中で、時折り腕時計の針に眼を走らせていた。

胸の動悸がたかまった。発火装置を突き入れてから二十五分間が経過している。男の顔がよみがえった。男の指示には、些《いささか》の狂いもない。かれは、時計の針が正確に三十分間経過したことをしめした時、特別第四格納庫から爆発音が起るはずだと思った。

しかし、かれの予測ははずれた。時計の針はさらに動いて、三十五分間がすぎても格納庫の方向からはなんの音もせず、訓練中の練習機の爆音が遠く近くきこえているだけだった。

かれは、裏切られたような淋しさを感じた。男はすぐれた能力をもった人間に思えていたが、予定時間を経過しても発火しないことは男の計画に欠陥があったことを示している。第一、あのような小さい装置で飛行機を爆破できるとは思えない。男の言葉を信じたことが、愚かしく思えた。

体のふるえが、急にしずまった。爆破しないですむなら、それはそれでよいと思った。男から渡された装置を照明弾の中から抜きとってしまえば、爆破を企てた痕跡は消えてしまうだろう。

格納庫に引返そう、と思い、兵器調整所の建物を出ようとした時、かれの体は硬直した。広場の拡声器から、不意にうわずった声がふき出したのだ。

「特四格納庫、火災。特四格納庫、火災。防火隊急げ」

かれは、立ちすくんだ。男の言葉とは相違して、拡声器は「火災」と告げ、爆発音はきこえない。が、特四格納庫は発火装置をしかけた場所であり、装置が作動したことは疑う余地がなかった。

かれは、無意識に走り出していた。火災現場を眼にしなければ不安であったし、総員集合に応じるという兵としての習性が、かれを格納庫に急がせた。

昏《く》れはじめた構内は騒然としていて、拡声器は火災発生をくり返し、兵舎や官舎をはじめ建物の群れから人の体が飛び出してくる。

数百メートル離れた格納庫は赤く明るみ、その中を人の体があわただしく出入りしている。

幸司郎は、格納庫の外にたどりついた。

かれは、庫内の光景に呆然とした。発火装置を仕掛けた九七式艦上攻撃機カ５０２号機の後部からさかんに炎があがっている。男の口にしたことが、そのまま現実のものとして眼前にくりひろげられていることを不思議に思った。

かれの描いていた幻影と火炎をふき上げている九七艦攻の姿には、大きな差異があった。炎はきらびやかだったが、機体は玉虫の翅《はね》の色のように映えることもなく黒く焦げはじめ、煤のような煙をふき出している。

整備長が声をからして叫び、下士官や兵たちはホースを手に水をかけている。

幸司郎は、庫内に駈けこんだ。激しい火熱と油の燃える匂いが体をつつみこんだ。かれは、バケツを手に庫外の用水槽に走った。そして、再び引返すと水をかけたが、火熱が激しいため機体に近づくことはできず水は炎にまで達しなかった。そのうちに後部にある七・七ミリ機銃の弾倉内の機銃弾がはじけはじめ、接近することは不可能になった。

かれは、炎上する機体を見つめながら自分のアリバイを作っておく必要があると思い、庫内が暗く消火作業に支障があることに気づいて、整備長に、

「電気をつけますか」

と、叫んだ。

「電気をつけえ」

整備長の答えに、かれは格納庫の壁に走り寄ると電源を入れた。

格納庫の内部が、明るくなった。

炎は鎮まる気配もなく、一層勢いを強めている。消火剤が注がれたが、なんの効果もなかった。

「燃料タンクが膨れてきました」

という叫び声がした。

後部から前部へと炎は移っている。単葉の翼にとりつけられた燃料タンクが、火にあおられて膨脹しはじめている。もしもそれが裂ければ、内部のガソリンが炎とふれ合って格納庫全体は火の海になる。他の二機の九七式艦上攻撃機と十二機の九〇式機上作業練習機も一斉に炎上し、それらの燃料タンクが次々に誘爆するだろう。幸司郎は、顔色を変えた。

整備長の口から、命令が発せられた。炎上しているカ502号機の引込脚にロープをつけて庫外に引き出せというのだ。

ロープが運ばれ、兵の一人が頭から水をかぶって翼の下にもぐりこみ、脚にロープを結びつけて這《は》い出てきた。幸司郎は、その兵の顔が朱色に染まっているのを見た。

幸司郎はロープをつかみ、他の兵とともに強く引いた。

カ502号機が炎をあげながら動き出し、整備長の指示にしたがって緩く弧をえがいて庫外に引き出されてくる。それは祭礼に曳かれる華やかな山車《だし》にも似ていた。

停止した九七艦攻の後部座席附近で、胴が折れ尾部が地についた。

幸司郎は、他の者にまじって近くの水槽から水を運び、砂をかけた。

ようやく火勢が衰え、やがて炎は消えた。幸いにも燃料タンクは爆発しなかったが、機は黒く焦げ無残な残骸に化していた。

かれの顔からは、血の色が失われていた。男の指示にしたがって工作したかれの企が、余りにも見事に果せられたことに空恐しさを感じた。

さらに、その残骸をとりかこむ人の群れに眼をむけた時、かれの恐怖は一層高まった。同僚や上官以外に、多くの士官にかこまれて航空隊副長の前田大佐の顔もみえる。副長は、険しい表情をして、炎上した九七式艦上攻撃機を見つめていた。

幸司郎は、自分の行為が航空隊全体の不祥事になっていることに戦慄した。かれは、その場から走り出したい衝動にかられた。

副長と話し合っていた整備長が、現場に当直兵を置いて他の者に解散せよと告げた。下士官・兵たちの環がくずれ、幸司郎は、かれらにまじって兵舎にむかって歩き出した。

かれらは、火災の激しさや発火原因についてしきりに話し合っている。下士官の一人が、火災を発見したのは練習機で離着陸訓練をしていた飛行学生と、格納庫の近くにある弾火薬庫の番兵だったと言った。

幸司郎は、ふと練習機上の飛行学生が格納庫から出る自分の姿を目撃しているのではないかと思った。が、機上から人間の判別ができるはずもなく、その可能性は全くないとも思い直した。

「いい飛行機だったのにな」

幸司郎は、傍を歩いている中年の補充兵に声をかけた。自然に涙がにじみ出た。かれは、それが決して演技ではないと思った。

二

その夜、幸司郎は熟睡した。九七式艦上攻撃機を炎上させたことが新たな重荷になってはいたが、かれは、四肢の麻痺するような激しい疲労感におそわれていた。すべては終ったのだ、と気怠《けだる》い意識の中でつぶやきつづけていた。

翌朝点検を受けながら、かれは肌にふれる空気に春の気配を感じた。故郷の田の畦《あぜ》に芹《せり》が萌え出る頃で、それと同じ土の匂いがかすかに流れているようにも思った。

課業時間が来て広場を横切り、特別第四格納庫の見える場所まで来た時、かれの胸に後悔の感情が湧いた。

黒焦げになった九七式艦上攻撃機が、尾部を地面につけて置かれている。それは朝の明るい陽光を浴びて、ひどく無残なものにみえた。

数人の士官が、機体の近くに立っていた。その中には、衛兵司令の柳沢八郎大尉と衛兵副司令の市川妙彦中尉もまじっていた。

幸司郎は、同僚たちと挙手の礼をとり格納庫に入った。庫内にはまだ消火作業の器具などが放置されていて、幸司郎はその後片付けをはじめた。

やがて幸司郎たちは、市川中尉に招かれた。市川は、事故原因の調査を託されていて残焼物の整理を手伝うようにと言った。

その日、幸司郎は他の整備兵たちと市川中尉の事故原因の調査に協力した。市川は、丹念に機体をしらべながら、ノートに細かい文字をつらね図をえがいたりしている。かれは、発火個所が後部座席附近であると判断したらしく、その部分にある焼け残った屑をつまんで丁寧に紙に包んだりしていた。

幸司郎は、兵学校出のその若い中尉の澄んだ眼が恐しくてならなかった。高等小学校を卒業しただけのかれには、秀れた学業成績をもつ者だけが入学を許される兵学校出身のその中尉が、どのようなことを考えているのか想像もできなかった。

やがて幸司郎の中尉に対する怖れが、現実のものになった。市川は、後部座席附近から燃えきった布の灰を慎重にすくって紙の上にのせながら、

「おかしいな、こんな所に布があるはずがないのだが……」

と、つぶやいた。

幸司郎の体が冷えた。それは、発火装置を仕掛けた折に、発火を完全にするため照明弾の束の上にのせた布にちがいなかった。

かれは、細い円筒状の発火装置が焼けただれて残っているのではないかと思った。そして、市川の背後から後部座席のあたりをのぞきこんでみたが、それは可燃性のもので作られていたらしく痕跡すら残っていなかった。

幸司郎は、爆破をすすめた男の周到さにあらためて驚きを感じた。男の指示以上のことを工夫しようとして、ガソリンにひたされた布を照明弾の上にかぶせたが、それは逆に市川中尉の疑惑を招いている。幸司郎は、男の指示外の行動をとったことを悔いた。

その日、市川は、注射ポンプが開かれたままになっていることにも疑いを抱いた。エンジン内部にもガソリンが注入されていて、機の炎上をうながすようになっているというのだ。

幸司郎は、口中の激しい渇きを感じた。発火装置を仕掛けた折、かれは冷静に注射ポンプをひらいたが、それを閉め忘れてしまったことはやはり落着きを欠いていたためだと思った。

市川の調査は、午後おそくまでかかったが、どのような結論を得たのか幸司郎にはわからなかった。かれは、士官室の方へ去る市川の手にしたノートの中を眼にしたいと思った。

翌日、格納庫にやってきた一人の士官が、幸司郎たちに照明弾を持ってくるように命じた。その指示を耳にした幸司郎は、市川中尉が火災原因として照明弾が重要な関係をもっていると推定したことを知って身をすくませた。

士官は、九七式艦上攻撃機に搭載されていたものと同種の照明弾を地上に置いて、その上に布をかぶせてマッチで点火してみたりした。幸司郎は、その発火実験を眼にして、市川が特殊な発火装置を使用したことまでは突きとめていないことを知ったが、市川の眼を思い出すたびに不安は増した。

その日士官から、炎上した九七式艦上攻撃機が空母「蒼竜」に搭載されていた時、エンジン脱落未遂事故を起した前歴のあることをきいた。航空隊首脳者の間では、そのような前歴をもつ機なので、前々日の炎上も同機の構造上に本質的な欠陥がひそんでいるためではないかという意見も出ているという。

幸司郎は、炎上原因の追及が他にそれてくれることをひたすら願った。

機の残骸の調査は四日間にわたっておこなわれ、五日目には解体されていずこともなくトラックで運び去られていった。改めて専門家の手で調査されるにちがいなかったが、黒焦げの機体が眼前から消えたことに、かれは幾分救われたように思った。そして、九七式艦上攻撃機の炎上事故が不明のまま処理されることを期待した。

かれの胸に、男に会いたい思いがつのった。事故とその後の経過を話し、今後の予想をきき指示を仰ぎたかった。男は、おそらく計画が順調に成功し、将来に不安を感じる要素はなにもなくなったと元気づけてくれるように思った。

しかし、男はその後、面会に来なかった。危険だから当分会わぬと言っていたのだから当然のことであったが、幸司郎は、なぜか男とはこのまま会うことはないような感じがした。

平穏な数日が過ぎた。

南太平洋最大の海軍基地であるトラック島が大空襲を受け、基地としての機能も完全に失われたという話が伝わってきていた。戦局は重大化し……という言葉が、上官の訓示中に常に挿入されるようにもなっていた。

幸司郎は、特別第四格納庫に通っていたが、或る日、午食を終えて庫内に入ってゆくと、工具置場に落下傘係の高橋上飛曹が立っていた。

幸司郎は、かれの眼が自分に鋭く向けられているのに気づいてぎくりとした。が、何気ない風を装って要具類の整理をはじめようとすると、

「望月、ちょっと来い」

という高橋の声がした。

幸司郎が近づいてゆくと、高橋が工具を入れた抽出しの一つを指さし、

「これは、お前の抽出しだな」

と、言った。

幸司郎は、はいと答えたが全身に冷たいものが走った。その内部には、男に傘体を渡した折にはずした補助落下傘がかくしてある。

高橋は、抽出しを開けると補助落下傘をとり出し、

「これは、どこから持ってきた。なぜここにかくしてある」

と、幸司郎に鋭い眼を向けて言った。

「知りません。そこにかくしたおぼえはありません」

と、答えた。

「きさま、傘体をどこかへ持って行ったな」

高橋の唇がゆがんだ。

幸司郎は、身におぼえがないことを繰返した。殴打されるのではないかと思ったが、高橋上飛曹は手をあげることもせず、やがて口をつぐんだ。そして、補助落下傘を手にすると、無言で格納庫を出て行った。

幸司郎は、要具類の整理をはじめながら眼前が白く霞むのを意識した。緻密な積木細工のように、かれは男の指示にしたがってひそかに落下傘の傘体を持ち出し、九七式艦上攻撃機を炎上させた。それは、隊内の者たちに気づかれることもなく巧みに積重ねられてきた行為だった。が、補助落下傘を見つけられたことによって、その一端が露出した。それは、今まで積重ねてきた行為の崩壊をうながすかも知れなかった。

幸司郎は、要具類を整理していたが思考力は失われていた。軍法会議、死刑という言葉が、交互に乱れ合って浮んでくる。落下傘を盗み出し軍用機を炎上させてしまった自分に、極刑が科せられることは疑いない。

脱走しようか、とかれは錯乱した意識の中でつぶやいた。が、かれの胸に、半年ほど前に制裁をおそれて隊外に逃亡した補充兵のことが思い起された。その折には、幸司郎も捜索隊に加わったが、脱走兵の捜索は一定時間を経過すると陸軍の憲兵隊に依頼しなければならない。航空隊としては、海軍の名誉のためにも期限内に自力で逮捕する必要があった。

捜索は徹底したもので、車を走らせて道路という道路に監視兵を置き、鉄道駅や列車内が調査され、潜伏していると思われる地域一帯に捜索隊が放たれた。その結果、期限切れ寸前に橋脚の間にひそんでいた兵を捕縛したのだ。

幸司郎は、その折の捜索から考えてみても、脱走に成功する確率はほとんどないことを知っていた。それに、もしも脱走を試みれば、今まで犯した行為を自ら証明することにもなる。

高橋上飛曹には、補助落下傘を発見されただけで、すべてが発覚したわけではない。落下傘紛失の追及は自分に向けられるだろうが、それを頑なに否定しつづければ新しい道がひらけるかも知れない。

日が傾き、かれは格納庫を出て兵舎にもどった。恐怖が全身にひろがっているが、かれは平静を装って他の者と話し、そして笑った。

食欲は失われていたが、かれは無理に食物を呑みこんだ。

かれは、高橋上飛曹が分隊長の名木田中尉に補助落下傘のことを報告しているにちがいないと思った。が、名木田分隊長からはなんの出頭命令もない。頑なに否定しつづけたために、高橋の自分に対する疑惑もうすらいだのかも知れぬとも推測された。

しかし、午後八時頃、かれは兵舎内の小部屋に呼び出された。そこには、人事係の鈴見という兵曹長が椅子に腰を下ろしていた。

鈴見は、

「落下傘をどこへ持って行った」

と、言った。

幸司郎は、即座に持ち出したことはないと否定した。

鈴見は、おだやかな表情で補助落下傘のことを口にし、傘体を持ち出したはずだと繰返す。その度に幸司郎は知らぬと答えたが、鈴見は苛立つ風もなく、同じ質問を反復する。

一時間近くが経過した。幸司郎は、全く変化のない鈴見の柔和な態度に息苦しさを感じ、全身に汗が流れるのを意識した。

なんという暑さだ、と思った。頭上には淡い電灯がともっているが、それが熱を撒き散らす真夏の太陽のようにも感じられる。毛穴がひらき、熱気が体をつつみこんでくる。その麻痺しかかった鼓膜に、女性的ともいえるほどの温和な鈴見兵曹長の声がきこえていた。

「探せばわかってしまうことだよ、望月」

鈴見は、さとすように言った。友人の家、下宿先、故郷の生家、そして親戚の家を探せば必ず出てくる。発見されるよりは自分の口からその所在を告げた方が、罪ははるかに軽いとも言った。

「実はな、望月。名木田分隊長は、この事件を航空隊全体の問題にせず、分隊内で処理したい意向をもっている。落下傘係の高橋上飛曹も落下傘さえもどれば、すべてを名木田分隊長に一任すると言ってくれている。おだやかにすまそうというのだ。お前は、今までまじめに勤務をつづけてきた。出来心からしたことなのなら、反省しなければならぬ。わかるな、望月」

鈴見兵曹長は、幸司郎の眼を見つめた。

幸司郎の心は、動揺した。故郷の家を探られれば、傘体はすぐに発見される。鈴見は、名木田分隊長が分隊内で処理する意向をもっていると言う。もしそれが事実なら、隊内で体罰を食うことはあっても、軍法会議に送られることはないし死刑に処せられるおそれもない。

頑なに否定しつづけて生家から落下傘が発見されれば、鈴見兵曹長の自分に対する心証は救いようのないほど悪化するだろう。そして、それが九七式艦上攻撃機放火への濃厚な嫌疑に発展してゆくかも知れないのだ。

幸司郎は、軍用機放火のことさえ発覚しなければ、傘体の持出しは自白してもよいように思った。

「申し訳ありません」

幸司郎は、顔を伏せた。熱いものが、胸にあふれた。全身の毛穴から、一斉に汗がふき出た。かれは、眩暈《めまい》におそわれ机に両肘を突いた。

「どこへ持って行ったのだ」

鈴見の声がした。

「郷里の家へ持って行きました」

「なぜ持って行ったのだ」

「家の者に見せたくて……」

幸司郎は、かすれた声で言った。

「そんな理由じゃないだろう。正直に言うのだ」

「いえ、見せてやりたくて持ち出したのですが、恐しくてもどす機会がなかったのです」

幸司郎は顔をあげ、体をふるわせながら言った。

鈴見は、刺すような眼で幸司郎を見つめている。幸司郎は、その眼の光に必死に堪えた。

鈴見の態度が険悪なものに急変する予感がしたが、その顔にはおだやかな表情が消えない。巧妙に自白させることができたことを意識しているらしく、かれの眼には誇らしげな微笑さえただよっていた。

「今、おれに言ったことは本当だな。偽りはないな」

かれは、言った。

「絶対にまちがいありません」

幸司郎は、眼に涙をにじませて答えた。

「そうか。それなら明日、特別外出区域許可証を出すから故郷へもどって傘体を持ってこい。無事に持ち帰れば、なんとか話はおさめてやる。いいな」

鈴見は、それで口をとざし、煙草をとり出して火をつけ、うまそうにくゆらすと、

「田舎の者に見せたいためか……」

とつぶやき、可笑《おか》しそうに頬をゆるめた。

幸司郎は、自分の若さが好都合な役割を演じてくれていることに気づき、それを巧みに利用しようとひそかに思った。

翌朝、鈴見兵曹長の言葉通り特別外出区域許可証が交付された。かれは、名木田分隊長に外出許可を得るため部屋に赴くと、名木田は事情をすべて聞き知っているらしく、腹立たしげな表情でうなずいただけであった。

かれは、営門で外出許可証をしめし、バスで土浦駅に行くと列車に乗った。傘体持出しを自白したことで気分は却って軽くなっていたが、九七式艦上攻撃機に放火したこと

が新たに大きな比重となってのしかかってくるのを感じた。

かれは、満員の列車のデッキに体を押しつけられながら、決して男のことを口にすべきではないと思った。落下傘の傘体を持ち出したのが男の懇願によるものであると打明ければ、自分と男との関係を詳細に説明しなければならなくなる。打合わせ場所であった亀城公園入口の料理屋のことを口にすれば、自分が男としばしば会っていたこともあきらかにされるだろう。さらに、女中を席からはずさせてひそかに話し合っていたことも判明し、航空隊上層部は男を簡単に第三国の諜報機関員と解釈するにちがいない。

幸司郎は、自然に胸の中に湧いた諜報機関員という言葉に狼狽した。

かれは、決してそれに気づいていないわけではなかった。いつの間にか、かれにもなにかがわかりかけていたが、断定することは意識的に避けたい気持が強かった。やわらいだり鋭く凝固したりする男の眼の光に、幸司郎は涙ぐみ、そしておびえた。男の存在は、かれの内部に深く分け入ってきていて、かれを激しくゆさぶる。幸司郎にとって、そのような人間に接したことは初めてであった。かれは、男が自分を利用するために近づいてきたとは考えたくなかった。

利用されたのではない、と幸司郎は列車の震動に身をゆらせながら男との関係を反芻した。上野駅で声をかけられ送ってもらってから、しばしば男は面会に訪れ、亀城公園でも会った。航空隊内の見学についで、落下傘の傘体を貸して欲しいという男の懇願があり、幸司郎はその依頼を容れて傘体を持ち出し男に渡した。男は約束を律義に守って定められた時刻に傘体を原型のまま返してくれた。その間に落下傘の紛失が隊内で表面化し、男は幸司郎の苦境を察して、それが九七式艦上攻撃機への放火につながっていったのだ。

その過程に不自然さはなく、階段を一段一段ふみしめてゆくような自然の成行きがあって、幸司郎には男に疑惑をいだく余地はなかった。むしろかれは、その度に適切な指示をしてくれた男に好意を感じてきたし、それは今もって変りはない。男は、自分を一個の人間として温かく遇し、熱心に相談相手になってくれたのだ。

ただ男が艦船呼出符号表の所在をたずねた折には、幸司郎も男にかすかな疑惑をいだいた。が、男は、幸司郎にそれを持ち出すよう依頼することもなく、幸司郎の男に対する疑念もいつの間にか消えてしまった。

しかし、それらをすべて幸司郎が上官に告げれば、航空隊上層部の者は男を諜報機関員と断定するにちがいない。常識的に考えれば、そのような判断を下されてもやむを得ないのかも知れぬが、幸司郎は男を類型的な枠の中にはめこむことには不満だった。自分がもしも男のことを口にすれば、男は逮捕され苛酷な取調べを受け、自分自身も男に巧みに利用され軍の機密を洩らし軍用機を爆破したと解されるにちがいない。そして、自分も男も重大な罪をおかした者として厳しい罰を受けることになる。

幸司郎は、眼を閉じ首をふった。発覚したのは、傘体を持ち出し故郷の生家へ運んだことだけで、しかも、鈴見兵曹長の言葉や名木田分隊長の態度から察して、それは隊内で処理されることはたしかなようだ。男のことさえ口にしなければ、危惧しているよりもはるかに軽い罰を受けるだけで、すべてが終るような気がした。

その日、生家にもどった幸司郎は、

「不用になった落下傘だが、練習生の実習に使うことになったので取りに来た」

と家族に言って、傘体を入れた鞄を納戸から出してもらった。そして、すすめられるままに母の打ってくれたそばを食べ、生家を出た。

帰途の列車の中で、かれはあらためて男の自分にあたえてくれた指示がすべて当を得たものであることを感じていた。鈴見兵曹長に傘体を持ち出した理由を問われた時、「家族に見せたかったから」と答えたが、それは男からの指示をそのまま口にしたにすぎない。鈴見は、その突飛な答えに呆れたようだが、すぐに苦笑した。おそらく鈴見は、いかにも地方出の若い兵が考えることらしいと、その答えを疑おうとしなかったのだろう。が、男もそんな場合のことを十分に計算に入れて、そのような答え方を自分に教えてくれていたにちがいなかった。

すべてがうまくゆきそうだ、とかれは窓外を流れる枯れた田畠に眼を向けていた。

その夜、帰隊した幸司郎は、分隊長の部屋へおもむくと、鞄をさし出した。

名木田中尉は、幸司郎に視線を据えたが、

「格納庫にもどしておけ」

と言っただけで、口をつぐんだ。

部屋を出た幸司郎は、格納庫へむかった。公然と鞄を手に隊内を歩いていることが不思議に思え、同時に温湯の四肢にひろがるような安堵を感じた。鈴見兵曹長の言葉通り、傘体の持出し行為は隊内のみで処理されるらしい。さまざまに臆測し悩んできたことが、愚かしいようにも思えてきた。かれは、格納庫の要具室の片隅に鞄を置いた。

兵舎にもどったかれは、分隊内の者たちがすでに事情を察していることに気づいた。かれらは、幸司郎が特別外出許可をあたえられた理由も知っているらしく、

「どうだい、田舎の空気は」

と、同階級の者が声をかけ、他の者は薄ら笑いをうかべていた。

その夜も、分隊内の古参の下士官の手で精神棒がふるわれた。下士官は、幸司郎の前

に立つと、

「この野郎、特別に外出許可などもらいやがって」

と、平常よりも激しい殴打を浴びせかけてきた。

しかし、幸司郎は、その殴打にむしろ感謝したい思いだった。隊員の間には分隊内の秘密を守ろうという意志が強く働いているように思える。分隊内では反目もあり不当な制裁もおこなわれるが、分隊外からの圧力には結束してそれに対処する心理がある。そのようなかれらの習性が自分の身を守ってくれていることを感じ、一層安堵を深めた。

翌日、かれは平常通り勤務についた。午後から雨になって、十八機の戦闘機と六機の艦上爆撃機が飛沫を散らしながら飛行場に着陸してきたりした。

早春らしい雨に、幸司郎の気分はやわらいだ。また夜には精神棒で殴打されるのだろうが、それはなんの変哲もない日常的なことで、逆に自分が隊内の者たちに守護されている証拠でもある。かれは、格納庫の外に光る雨脚に時々眼を向けていた。

しかし、かれのようやくつかむことのできた平穏な気持も、その夜になって破られた。兵舎にもどり夕食を終えて間もなく、入口の傍にある電話のベルが鳴った。近くにいたかれが受話器をとると、

「望月幸司郎という整備兵はいるか」

という若い士官らしい声が流れてきた。

「はい、私であります」

幸司郎が答えると、

「おれは、市川中尉だ。すぐにガンルームへ来い」

と言って、電話がきれた。

幸司郎は、雨合羽を身につけて兵舎の外に出た。市川中尉といえば、九七式艦上攻撃機カ502号機の炎上した翌日メモを手に仔細に調査していた士官であった。市川が来室を命じてきた理由は、なにか重要な手がかりをつかんで、それを自分と結びつけたのかも知れない。少くとも九七式艦上攻撃機の炎上事件と関係があることは、まちがいないと思われた。

ガンルーム（士官控室）のドアを開けると、室内には市川中尉と甲田中尉がいた。艶やかな顔をした市川が、

「お前か、望月幸司郎というのは……」

と、澄んだ眼で幸司郎の顔を見つめた。

市川は幸司郎より三、四歳年上であるにすぎないはずだが、幸司郎にとっては市川が豊かな知識と洞察力をもった士官のように感じられた。

市川は、席をはなれて幸司郎に歩み寄ると、

「望月。お前のしていることは全部わかっているのだ」

と、不意に言った。

幸司郎は、背筋が一瞬凍りつくのを意識した。市川は、九七式艦上攻撃機の放火犯が自分であることに気づいたらしい。市川の眼は冷たく光っている。幸司郎は、自分をつつむ世界が音を立てて崩壊してゆくのを感じた。

が、つづいて市川の口からもれた言葉に、幸司郎の体はよろめきかけた。市川は、

「かくしてもだめだ。落下傘をどうした。すべて知っている」

と、言ったのだ。

幸司郎は、顔を伏せた。市川は、九七式艦上攻撃機と自分のことについてなにも「知っている」わけではないらしい。落着かねばならぬ、とかれは自分に言いきかせた。市川は、落下傘を持ち出したことを気づいたにすぎないようだ。それは、すでに鈴見兵曹長に告白したことであり、名木田分隊長以下隊内の者の知っていることでもある。

しかし、隊内だけで処理されるはずの自分の行為が、なぜ市川中尉に洩れたのだろうか。隊内で処理されるといわれていたが、鈴見兵曹長が重要事項であるとして報告したのか、それとも落下傘係の高橋上飛曹がその責任上から市川に伝えたのだろうか。市川

がその事実を知ったことは、分隊内のみにとどまらず霞ヶ浦航空隊の問題として扱われることを意味する。

軍法会議に送られるかも知れぬ、とかれは思った。が、鈴見兵曹長が分隊内での処理を口にしたことから考えても、その罪はそれほど重いものではなく、死刑を科せられるまでには至らないだろう。すでに市川中尉はすべてを知っているようでもあるし、処罰の度を軽くしてもらうためにも素直に自白すべきだと思った。

眼に、熱いものが湧いてきた。それは市川に告白せねばならぬ恐れと、九七式艦上攻撃機の放火の嫌疑とは無縁であるという安堵の入りまじった複雑な感情からであった。

かれは、郷里の家族に見せる目的で傘体を持ち出し、鈴見兵曹長の命令で旧位置にもどしたことを述べた。

「すると、特四格納庫にもどしてあると言うのだな」

市川は、言った。

幸司郎は、はいと答えた。

市川は、黙ったままうなずき、自分の席にもどって思案しているようだったが、顔を上げると、

「よし、今夜は分隊にもどれ。ひとこと言っておくが、馬鹿な気は起すんじゃないぞ。

いいな」

と、言った。そして、甲田中尉に顔を向けると、

「落下傘を見せたかったからだそうだ。親孝行な兵がいるものだな」

と言って、笑った。

幸司郎は、ガンルームを辞すと雨合羽をつけて雨の中に出た。かれは市川中尉にも自分の若い年齢が役立ったことを知った。市川中尉の態度から考えて、きびしい処罰はまぬがれそうな予感がした。

その夜、灯の消えた兵舎内の釣床に身を横たえた幸司郎は、唇をゆがめてひそかに忍び笑いをした。なぜかわからぬが、かれの胸からはおびえの感情が淡くなっている。傘体のことを鈴見兵曹長に告白してからの変化なのだろうが、なんとなく居直った感情が身にそなわってきているように思える。落下傘のことは告白したが、それ以上のことは決して口にしない不逞な自信のようなものがある。九七式艦上攻撃機の放火についての証拠はなさそうだし、たとえそれを裏づけするものを突きつけられても、徹底的に否定すればすべてはうまくゆく。

自分の周囲に、水が激しく逆巻いているように感じられた。今後どのような事態に発展してゆくのかわからぬが、ともかく自分をその流れに託してみる以外にないと思った。

翌朝、雨はあがっていた。

朝礼の後、再び市川中尉から電話があって、ガンルームへ来るようにと言われた。かれがガンルームに赴くと、市川は、

「これから一緒に落下傘をとりに行くから案内しろ」

と言い、宿舎を出ると自転車に乗った。

幸司郎がその後から歩いてゆくと、市川は、

「なにをしている。駈けろ」

と言って、ペダルを強くふんだ。幸司郎は、自転車を追って駈けた。

特別第四格納庫につくと、幸司郎は、市川に要具室におかれた鞄をしめしその中から傘体を取り出した。

市川は傘体をしらべてから、鞄を持ってついてくるように言った。そして、格納庫の外に出て再び自転車にまたがった時、兵舎の方から歩いてくる名木田分隊長の姿をみとめて声をかけた。

市川中尉は、名木田に近づくとなじるような口調でなにか言っている。市川は、名木田が落下傘のことについて隊内で処理しようとした態度を非難していることはあきらかだった。

名木田は困惑したようにうなずきながら、傘体をかかえた幸司郎を険しい眼で見つめていた。

ガンルームにもどった幸司郎は、部屋の隅で直立不動の姿勢をとって立っていた。市川中尉の机の上には、自分の持ち出した傘体が置かれている。それは軍規違反の物的証拠として扱われるのだ。

どのような制裁が加えられるのだろうか、と思った。予想に反して市川は荒い声をあげることもないし、殴打もしない。もしかすると、きびしい体罰をくらう程度で分隊へもどることを許されるかも知れない。

しかし、その期待はすぐに破れた。筋肉質の体をした渡部という先任衛兵伍長が入室してくると、

「望月。落下傘窃盗罪で禁錮室への入室が命じられた。来い」

と、言った。

市川中尉は、机に両肘をついて黙っている。幸司郎は、市川に敬礼すると、先任衛兵伍長の後にしたがった。

禁錮室は、衛兵所の裏側に接している。木製の太い格子で閉ざされた一坪程の獄房であった。

先任衛兵伍長は、衛兵に命じて幸司郎の手首に両手錠をはめさせ房の中へ押し込み、

「釣床おろせの時刻まで、正坐をくずすな」

と、荒い口調で言うと、番兵を残して去った。

禁錮室の扉の錠がおろされた。その金属音を耳にした瞬間、幸司郎は房の湿り気をおびた空気が自分の体を冷えびえと包みこんでくるのを感じた。手錠の食いこんだ両手を膝に板張りの床の上に正坐している姿は、罪人以外のなにものでもない。しかも、番兵の監視する獄房の中に押しこまれた自分は、ただ処罰の決定を待つために時間を過さねばならないのだ。

かれは、落下傘を持ち出したことが軍法会議送りになると言った男の言葉を事実らしいと察した。今まで楽観していたことが悔まれた。

たちまち足がしびれてきて、腰から下部の感覚が失われ、それが腹部から胸のあたりまで這い上ってくる。それに、体を動かすことができないため寒気がしみ入ってきて、くしゃみをすると、腹部から足の爪先まで無数の針を突き刺されたような痛覚が走った。

時間の流れが、停止してしまったような遅々としたものに感じられた。獄房は前と右隣にあるが、その境にある幅一メートルほどの廊下に射す戸外の陽の明るさは衰えない。かれは、夜のくるのを願った。

ようやく陽光が薄らぎはじめた頃、かれの全身はすっかり麻痺していた。かれは、しこった首を動かして廊下の天井にとりつけられた小さな電球がともるのを見上げた。

夕食が運ばれてきたが、それは湯呑茶碗に八分目ほど入れられた麦飯と同量程度の実の入っていない味噌汁のみだった。箸はあたえられず、かれは指で飯をつまみ、汁をすすった。

食後厠《かわや》へ行くために立ち上ろうとしたかれは、横に倒れた。足の筋肉が無感覚になっていて、そのままの姿勢で長い間血液が足の毛細血管にもどってゆく疼痛に堪えていた。釣床おろせの時刻になると毛布二枚が房に投げ入れられ、ようやく正坐から解放されて横になることを許された。手錠は、両手首に食いこんだままになっている。

毛布の中で身をちぢめたかれは、自分が一匹の昆虫にでも化したような卑屈感をいだいた。通常の食事の五分の一ほどしかない乏しい量と貧しい食物をあたえられるだけで、手錠をはめられ獄房の中に正坐していなければならない生活は、通常の人間のそれとは遠くかけはなれている。そして、やがては重罪人として胸に銃弾を射込まれるかも知れないのだ。

かれは、自白したことの重大さをあらためて意識した。

激しい寒気が体にしみ入ってきた。かれは、体をふるわせながら膝を抱くように毛布の中へ深くもぐりこんだ。

翌朝、かれは遠く起床ラッパをきいてはね起きた。兵としての習性化した動作だったが、手に手錠がはめられているのに気づいたかれは、禁錮室に収容されている身であることをさとった。

その日も乏しい食事を指で咽喉《のど》に流しこみ、正坐をつづけた。着剣した番兵が一人立っているだけで、だれも姿をみせない。時折り衛兵所の方から、兵が通る度に発せられる衛兵の訊問する鋭い声がきこえてくるのみであった。

夕方、隣接した房に一人の兵が投げこまれた。それは、意外にも幸司郎と同じ要具係の渋井一等整備兵であった。

渋井は、顔からおびただしく血を流し、二人の番兵に腕をささえられて廊下を入ってくると、房の中へ押しこまれた。

壁をへだてているので眼にすることはできなかったが、渋井は昏倒しているらしく激しい呻《うめ》き声がきこえてくる。

「ひでえことをするなあ」

渋井を連れてきた番兵が、格子の間から隣の房の中をのぞきこみながらつぶやいた。

渋井が苛酷な拷問をともなう取調べを受けたことはあきらかだが、幸司郎にはなぜ渋井がそのような扱いを受けているのか理解できなかった。

渋井を連れてきた兵が、他の番兵と交代した。それは、同じ分隊の一等整備兵だった。

幸司郎は、低い声で渋井がどのような罪をおかしたのかをたずねたが、兵はその原因がわからぬらしく首をふった。

「だれにやられたんだ」

幸司郎がたずねると、兵は格子の近くに身をよせて先任衛兵伍長の名を口にし、

「両手錠をハンモックのビームの環にかけて、渋井を宙吊りにしてね。それでバッターで所きらわず殴りつけるのだからたまらねえよ。死んでしまうんじゃないかと思うほどの殴り方だったからな」

兵は、顔をしかめた。

幸司郎は、身をかたくした。筋肉質の赤ら顔をした先任衛兵伍長の眼が思い起された。その眼はひどく細く、残忍な光がたたえられている。やがては自分も、渋井と同じようにその男の手で半殺しにされるのかも知れない。

就寝時刻になると、隣の房の呻き声はすすり泣くような声に変った。幸司郎は、毛布の中でその声をおびえきった感情できいていた。

翌日、渋井は朝早く房から出されると、夕方曳きずられてもどってきた。呻き声はさらに激しく、夜半までつづいた。

そんなことが毎日繰返されているうちに、幸司郎は自分の置かれている立場をいぶかしむようになった。連日のように渋井はきびしい取調べを受けているのに、自分の房に訪れてくる者はなく、取調べもおこなわれない。自分よりも渋井の問われている罪の方がはるかに重いことは容易に想像できたが、それほど重い罪とはなんなのか、かれには臆測することすらできなかった。

しかし、渋井が禁錮室に投じられてから八日目に、ようやくかれは、番兵に立った同分隊の整備兵の説明で犯罪内容の一端を知ることができた。それは、意外にも幸司郎と同じ落下傘の窃盗容疑であった。

土浦の町のはずれを流れる桜川の堤の下に公娼街があるが、その区域の娼婦の一人が海軍の落下傘の紐を所持していることを登楼した飛行兵が気づいた。報告を受けた衛兵司令は、早速土浦出身の先任衛兵伍長に調査を命じた結果、その紐は渋井が女に渡したものであることがあきらかになった。

ただちに渋井が逮捕されたが、かれはそのような不法行為はおかさぬと言う。訊問にあたった衛兵副司令の市川中尉は、渋井が頑なに否定するので念のため先任衛兵伍長とともに女のもとに行って再びきさただすと、渋井は女とかなり深いなじみになっていて、半月ほど前に腰紐にでも使えと言って渡してくれた、と証言した。

市川は、その女の言葉を伝えて渋井に自白を強いたが、渋井はそれでも頭をふりつづけた。そのため苛酷な拷問が繰返されているのだという。

「それにな、渋井はあんたのことを密告したようだぜ」

番兵は、声をひそめて言った。

幸司郎は、兵の顔を見つめた。

その兵の話によると、渋井は幸司郎が落下傘の傘体を生家から持ち帰った翌日、ひそかに市川中尉を訪れて幸司郎の犯した行為を告げたのだという。

「自分のことが発覚するのを恐れて、追及の眼をあんたに向けさせようとしたのだろう。その後、渋井が落下傘を持ち出したことも判明し、その上自白もしないので、市川中尉と先任衛兵伍長は卑劣な奴だと激怒しているのだ。それだけに拷問も激しいのだ」

幸司郎は、ようやく自分が逮捕された原因を知ることができた。落下傘の傘体持出し事件は分隊内で処理されるはずだったが、それが市川の耳に達したのは渋井の密告によるものだったのだ。

幸司郎は、一カ月ほど前渋井を厳しく叱ったことを思い起した。

或る日、渋井は朝礼に出てこなかった。徹夜作業もあるギア当番には、稀にそのようなこともあるが、同僚にきくと淋病におかされて苦しんでいるという。渋井の女遊びが激しいことを知っていた幸司郎は、渋井を外に連れ出すと、

「貴様は、いくつだ」

と、問うた。

「十八歳です」

赤ら顔の渋井は、拗《す》ねたような表情で答えた。

「そんな年のくせに、女遊びばかりしやがって」

幸司郎は、渋井の不逞な態度に怒りを感じて、「急降下、前に支え」の制裁を加えた。その折の怨恨から、傘体の持出し事件を市川中尉に告げたのかも知れない。

番兵はさらに、渋井が落下傘を盗み出したことを隠蔽するため九七式艦上攻撃機に火を放ったのではないか、という嫌疑をかけられていることも口にした。訊問を主におこなっているのは市川中尉で、炎上事故の後、特別第四格納庫にいつの間にか落下傘が一体増していることに注目し、渋井が機内から落下傘をとり出して放火したと推定しているらしいという。

幸司郎は、航空隊上層部の推理の的確さに畏怖を感じた。九七式艦上攻撃機の炎上と

落下傘の盗難事故は関連のあるものと判断され、その糺明が進められている。偶然にも追及の対象は渋井一等整備兵にむけられているが、いつ自分に嫌疑の対象が転じられるかわからない。

かれは、渋井に加えられる拷問のすさまじさから考えて、もしも九七式艦上攻撃機に対する放火を口にすれば、確実に銃殺刑に処せられるにちがいないと感じた。かれは、自分に航空隊上層部の疑いの眼が向けられぬことを切に願った。

幸司郎の危惧は、現実のものとなってあらわれた。

或る日、かれは先任衛兵伍長に腕をとられ禁錮室から出されると、衛兵所の裏手にある広場へ連れてゆかれた。柔かい陽光につつまれたベンチに、白い手袋をはめた霞ヶ浦航空隊副長の前田大佐が坐っていた。

幸司郎は、両手錠をかけられた腕をのばし敬礼した。

前田大佐は、他の者を遠ざけると、

「坐れ」

と、ベンチを指さした。

幸司郎は立ったままでおりますと答えたが、重ねてうながされたのでベンチの隅に浅く腰を下ろした。

前田大佐は、幸司郎に故郷や家族のことをたずね、急に言葉をあらためると、

「どうだ、すべてを話してしまえ。そうすれば死一等が減じられる」

と、幸司郎の顔を見つめた。

幸司郎は、話すべきことは残らずお話ししましたと答えたが、前田大佐は、落下傘の不法持出しの発覚をおそれて九七式艦上攻撃機に放火したのだろうと、幸司郎の顔を見つめた。かれは、顔色を変え、身に覚えがありませんと首を激しくふった。

前田は、話せば死一等を減じられるという言葉を繰返し口にし、調査がすすめばやがて一切はあきらかになるが、どちらがよいか冷静に考えるのだ、と言って腰を上げた。

その後、五日置きに幸司郎は前田副長の訊問を受けるようになった。かれは、頑なに首をふりつづけたが、その間に番兵に立つ同じ分隊の者の口から、前田が分隊員を個別に呼んでは幸司郎の日常の言動を執拗にたずねていることを知った。

殊に前田大佐が重視したのは、幸司郎の思想傾向であるようだった。

前田は三度目に幸司郎を訊問した時、

「お前は、戦争が負けると隊内でしきりに言っていたそうだが、そのように信じておるのか」

と、鋭い口調で言った。

幸司郎は、答えに窮した。補充兵の勅使原が戦争は敗北に終りそうだと口にしてから、幸司郎もそれについての不安を同僚にもらしたことがある。勅使原のことを告げれば自分に対する疑惑は解消するかも知れぬが、勅使原の逮捕によって事態が一層複雑化するおそれもあった。

かれは、

「負けたら大変だと言ったことはありますが、負けるなどと言ったおぼえは決してありません」

と、声を強めて答えた。

しかし、前田はそれを無視したように、クリスチャンではないのかとか、なにかの団体に加入しているのではないかとたずねた。幸司郎が反戦思想をいだいていて九七式艦上攻撃機を炎上させたのではないか、と疑っていることはあきらかだった。

前田は、その折も自白すれば死一等を減じると繰返し言ったが、幸司郎は放火事件とは無関係であることを主張した。

禁錮室に投じられてから、二十日間が経過した。

夜の寒気はかなり薄らいだが、腕から肩、首にかけて激しい疼痛に悩まされるようになった。両手が前手錠をかけられているので、手の動かせる範囲はかぎられている。わずかに両手を前後左右に動かすことができるだけで、腕の付け根の関節の痼《しこり》が肩から首にひろがり、さらに背中にも及んでいる。上半身をかたい枷《かせ》でしめつけられているような苦しさで、下半身のしびれとともにかれは発狂するのではないかという不安すらいだいた。

しかし、隣の房の渋井と比較すれば、幸司郎はまだ恵まれている方だった。渋井は歩行も全く不可能になり、厠に立つこともできず排泄物は垂れ流しになっている。歯列はすべて砕かれ、耳朶《じだ》も血塊のようにちぢれている。そして、或る日曳きずられて取調べを受けに出てゆくと、それきりかれはもどってこなかった。番兵の話によると、手も足も骨折し口の中も裂けて化膿しているので一時病室に入れられたのだという。

禁錮室にはかれ一人取り残されたが、翌日、廊下をへだてた前の獄房に新しく一人の兵が収容された。それは、松田という工作兵だった。

松田のおかした罪は、隊内の自転車を盗み出して生家に持って行ったためだという。

幸司郎は、終日廊下をへだてて正坐しながら松田と向い合うようになった。松田の取調べは一段落しているらしく房から出されることはなかったが、かれは、正坐していることが堪えきれぬらしく番兵の眼をぬすんで巧妙に膝をくずしたりしている。そして、幸司郎に眼をしばたたいてみせたり、口を開け閉じして親しげに無言の挨拶を送ってきたりしていた。

或る夕方、幸司郎は、格子越しに思いがけぬものを眼にして松田を見つめた。松田の指先に、光るものがつままれている。それは細い針金状のもので、かれは手錠の鍵穴にさしこんでしばらく動かしていたが、やがて、その顔に微笑が湧くと、意外にも手錠はひらかれていた。

幸司郎は、呆気にとられて松田の手錠を凝視した。松田は、

「ヒ、ラ、ク、ゾ」

と、口を大きく開け閉じして声のない言葉を送ってきた。

幸司郎は、松田が器用な工作兵として手錠の修理なども手がけていたことを思い起した。内部構造を熟知している松田にとって、ひそかに入手した針金状のもので錠をあけることなど容易なのだろうか。

幸司郎は、松田に羨望を感じた。松田は、自分と同じように禁錮室に閉じこめられている身ではあるが、自分にはない自由に恵まれている。番兵の眼の前では手錠をかけられたままでいるが、眼のとどかぬ範囲では意のままに手錠をはずすことができる。おそらく松田は、就寝時になると毛布にもぐりこんでから手錠をはずして、ゆったりと腕をひろげて眠るにちがいない。

そんな松田の寝姿を想像した幸司郎は、一層腕の付け根を中心にした疼痛に堪えがたいものを感じていた。

翌日の夜、先任衛兵伍長が衛兵を連れて入ってくると、幸司郎に外へ出ろと言った。幸司郎は、夜気の中に出た。頭上には一面に星が散っていて、細い三日月もかかっている。

かれは、先任衛兵伍長と番兵に連れられて各科倉庫の方に歩かせられたが、不意に拷問を受けて本格的な取調べが開始されるのではないかという不安におそわれた。前田大佐には四回訊問を受けたが、自白する気配もない自分を肉体的に痛めつけ、自供を強いようとしているのではないだろうか。顔が膨れ歯列も欠けた渋井の惨めな姿がよみがえった。

膝頭に力が失われ、かれの体はよろめいた。その腕を番兵の手がつかみ、黒々とした倉庫の群れに近づいてゆく。見覚えのある建物が、前方に迫ってきた。それは古びた灯油庫で、油の匂いが夜気の中に漂い出ていた。

かれは、押されるようにその建物の中に入った。かれの恐怖はつのった。が、建物の奥に作られた独房を眼にした時、初めて灯油庫内の特設禁錮室に移されるだけだということに気づいた。

特設禁錮室での生活がはじまった。

その禁錮室は、衛兵所裏の禁錮室よりはるかに条件が悪かった。第一、床が板張りではなくコンクリートで、正坐することはさらに苦痛だった。それにコンクリートから這いのぼる冷気が下半身をこごえさせ、足に刺すような痛みが起ってくる。

乏しい食物しかあたえられぬのに、腹部が冷えるため下痢症状がつづくようになり、排尿感もひんぱんに襲ってくる。かれは、麻痺しきった足をひきずってしばしば厠へ通った。

意外にも灯油庫の独房に移されてから前田大佐の取調べも絶えた。鉄格子のはまった狭い房の中には、灯油やペンキの匂いが淀んでいる。眼に出来る人間といえば番兵だけで、話しかけても返事をしてくれない。

おそらく航空隊首脳部は、肉体的精神的苦痛をあたえることによって自供を待っているにちがいなかった。

幸司郎は、地底に果しなく落ちこんでゆくような孤寥感になやまされるようになった。正坐したまま時間の経過を待つことは、若いかれには堪えがたかった。

かれは、いつの間にか自信が失われかけているのを意識するようになった。このままの生活がつづけば、いつかは精神錯乱を起して一切を口にしてしまいそうな不安がある。

もしも自白してしまえば、確実な死が自分を待っているのだ。

かれは、自ら生命を断つことを思うようになった。どうせ処刑される身なら、自殺する方がわずかながらも人間としての自由がある。

消化器をこわしてしまおう、とかれは思い立った。執拗な下痢症状に見舞われている消化器の機能をさらにおとろえさせれば、自然な死がやってくるにちがいない。

かれは、厠に行く途中わざと倒れて石を拾うと、房に帰ってから番兵の眼をぬすんで呑みこんだりした。が、そんなことを何度くり返してみても、依然として下痢がつづいているだけで、死は訪れてきてくれそうにもなかった。

失望したかれは、単純な方法ではあったが食物を断つ手段をとった。

一日が経ち、二日が過ぎた。かれは、胃のしめつけられるような飢餓感に堪えながら、番兵のさし出すわずかな食物に首をふりつづけた。

断食して三日目の朝、先任衛兵伍長が鉄格子の外に立った。

「なぜ食わぬか」

「腹が悪いのです」

幸司郎は、かすれた声で答えた。

先任衛兵伍長はかれの姿を見下ろしていたが、やがて去ると他の兵を連れて姿を現わした。兵は韮《にら》の入った粥《かゆ》の容器を手にしていて、扉をあけると床の上に置いた。

「食え。韮は胃腸にいい」

先任衛兵伍長は、おだやかな声をして言った。

粥の甘い匂いと韮の香が、かれの体を痙攣させた。胃袋が、急に咽喉の方へせり上ってくるような感覚におそわれ、かれは茶碗をつかむと粥を口に流し入れた。眼に熱いものがあふれ出た。美味かった。韮をかむと、恍惚とするような芳香をふくんだ汁が舌の上ににじみ出てきた。かれは、死ぬことができない自分の情なさに腹立たしさを感じてすすり泣いた。

虚《うつ》ろな日々がすぎていった。かれは、屋根を打つ雨の音をきき、小さな格子窓から星の光をみた。鳥のさえずりをきいたこともある。が、それらはかれになんの感慨もあたえなかった。

コンクリートの床は冷たかったが、肌にふれる空気には温かみが感じられるようになった。かれは、二枚の毛布のうち一枚を床に敷き、他の一枚をかぶって眠った。

或る夜、鉄格子の外に一人の士官が立った。それは、幸司郎を逮捕した市川中尉だったが、進級したらしく襟章の桜が三つになっていた。

市川は、血色のよい頰をゆるめると、

「望月。仏様になったようにすっかり観念した顔だなあ」

と、かれの顔を格子越しに見つめた。

幸司郎は久しぶりに温かい言葉をかけられて涙ぐんだ。市川には落下傘の持出し行為を自白させられたが、その時も市川は殴りつけることもしなかった。

「正坐しているのは辛いだろうな」

市川の言葉に、幸司郎は、はいと答えた。

市川は、しばらく幸司郎の姿を見つめていたが、番兵に顔を向けると、

「望月を牢から出してやれ。おれが責任をもつ」

と、言った。

番兵は一瞬ためらったが、すぐに禁錮室の扉をひらくと、

「出ろ」

と、言った。

幸司郎は、横に体を倒してしびれきった足に感覚がもどるのを待ち、足をこすりながら這うように房の外へ出た。

幸司郎は、市川の気持が解しかねたが、市川は番兵に命じて幸司郎の手錠をはずさせると、

「運動させてやる。一緒に歩こうや」

と言って、灯油庫の入口の方へ先に立って歩き出した。

幸司郎は、市川の思いがけぬ言葉に呆気にとられて足を曳きながら、かれの後についって灯油庫の外に出た。

満月に近い月が夜空にかかり、顔にふれる風は快かった。

幸司郎は、市川と歩きながらためらいがちに腕を動かしてみた。一カ月以上も前に手錠をはめられてから、腕を後方にまわしたことはない。かれは、腕を背中の方に動かそうとしたが、腕の付け根に激しい痛みが起ってその行為をあきらめた。

かれは、土の上に移動してゆく自分と市川の影を見つめた。市川がこのような思いがけぬ好意をしめすのは、自分の気持をゆるめさせて自白させようとしているのだろうと思った。

「夜桜見物というところだな」

市川は、桜並木に近づきながら言った。開いた花の群れが、月の光を浴びて妙に白っぽくみえる。

市川は、桜の樹木に近づくと、その根元に立ちどまって背を向けた。放尿する音が起った。

幸司郎は、漠然と逃げるなら今だと思った。が、二カ月近くも正坐してきた足は萎え、その上、月の光は余りにも明るく自分の姿をかくしてはくれない。若い市川大尉は、たちまち追いすがって難なく自分をとらえるにちがいなかった。

振向いた市川が、幸司郎をうながして歩き出し、飛行場の隅の草の上に坐ると、

「お前も坐れ」

と、言った。

幸司郎は、市川と向い合ってあぐらを組んだ。

「いい月だな」

市川は、夜空を見上げ、

「なにか頼みごとはないか」

と、言った。

「頭を刈っていただきたいと思います」

かれは答えた。頭髪は禁錮室に入れられてから刈ってもらえず、かなり伸びていた。

「贅沢言うな。おれたち士官と同じように髪を長くしていると思え」

市川は、笑った。

幸司郎は、照れ臭そうに頭をかいた。かれは、月光に明るんだ市川の顔を見ながら、

九七式艦上攻撃機の炎上事件に新しい証拠があきらかにされたのではないかと不安になった。市川は、頑なな自分の態度を考慮にいれて散策に連れ出し、不意に質問を浴びせかけて自供させようとしているのではないだろうかと思った。

しかし、市川は分隊内の規律がどのような状態にあるかをしきりにたずねるだけで、炎上事件についてはふれてこない。

幸司郎は、慎重だった。部下の渋井が市川の心証を害したのは、渋井が幸司郎の落下傘持出しを密告したことに原因があるときいている。もしも自分が問われるままに分隊員の素行を悪く言えば、若く純粋な士官である市川の怒りをさそい、事態を悪化させることにもなり兼ねない。

「隊内の規律は乱れていないと思います」

かれは、真剣な表情で答えた。

市川はしきりにうなずいていたが、

「そろそろ戻ろうか。また折があったら散歩させてやる」

と言って、立ち上った。

幸司郎は、市川と肩を並べ桜並木に沿って歩いた。

「ところで望月。お前、東京のなにかの会に入っているんだろう」

市川が、不意に言った。

幸司郎の体は冷えた。なにかの会とは、危険思想をいだく組織とでもいう意味にちがいない。少くとも市川は、自分の背後になんらかの組織がひそんでいると察しているのか。山田と名乗った男の顔がよみがえった。

「いえ、私はどのような会にも入っておりません」

幸司郎は、首を激しくふった。

市川は、顔をしかめ口をつぐむと、月を見上げながら灯油庫の方に歩いていった。

その夜、毛布にくるまった幸司郎は、手錠をはずされた四十分間ほどの解放感を思い起した。就寝時も厠でも食事時でも、手錠は手首に食いこんではなれない。それが日常的なものになって幾分苦痛も薄らいできていたが、手が自由に動かせたその折の記憶は、かれにあらためて手錠の存在を息苦しく意識させた。

自然にかれは、衛兵所裏の禁錮室に収容されていた松田工作兵のことを思い出した。松田はひそかに手錠をはずしてみせ、お前もやってみろとうながすような素振りをした。もしも針金が入手できれば、その構造に無智な自分でも手錠をはずすことができるかも知れない。

かれは、それが可能かどうかわからぬが針金を入手してみたいと思った。手錠をはずすことができれば、少くとも消灯後の就寝時には腕を思いきりひろげることができる。

かれは、厠の中に針金があることに気づいた。それはチリ紙の束を刺してあるもので、厠の左隅の柱にとりつけられている。用便をしている時、扉はひらかれ番兵が監視しているが、その眼をぬすんで針金をひきぬくことは可能だろう。かれに、希望が生れた。それは些細なものであったが、拘束された生活の中では限りない大きな意味をもつものであった。

翌日、かれは、厠に入ると外に立つ番兵の動きをうかがった。番兵は、うずくまった幸司郎の姿から顔をそむけて自動車講習生宿舎の方に眼を向けている。

幸司郎は、チリ紙を使うふりを装って針金をひきぬくと、下着の下にかくした。

その夜、消灯後かれは、針金の先端を手錠の鍵穴にさしこんで動かしてみた。針金の先にひっかかる個所があって、それを押してみると、かすかな金属音がして突然錠がひらいた。

かれは、呆気にとられた。錠が余りにも他愛なくひらいたことに拍子抜けした思いだった。かれは、両腕をおそるおそるひろげてみた。解放感が全身にみちた。かれは、腕の付け根の関節の痛みに堪えながら、仰向けになると両手を大きくひろげた。

その夜から、かれは闇の中で腕を後方にまわす運動をはじめるようになった。

釣床おろせの時刻を過ぎて間もなく、巡検の士官が甲板士官、先任衛兵伍長、伍長室係とともにまわってくると、番兵の手にした懐中電灯の光が独房の中に放たれ、幸司郎は手錠をはめられた手をあげてみせる。番兵は士官に、

「禁錮室異常ナシ」

と、報告する。

士官たちが去ると、幸司郎は、徐ろに手錠をはずし腕をひろげて関節の痼《しこり》をほぐすのだ。

手錠を意のままに開閉できることを知った幸司郎は、自分の置かれた立場を見直す精神的なゆとりを得た。

航空隊上層部は、九七式艦上攻撃機の炎上を自然発火と考えず、人為的な事故と判断していることは疑う余地がない。しかも、その事故原因を落下傘の不法持出しを隠蔽するための行為と推定していることもほぼ確実である。そのような推測のもとに、落下傘を盗み出した幸司郎と渋井一等整備兵が拘禁されているわけだが、嫌疑の度合いは渋井の方がより濃厚らしい。その証拠には、渋井が拷問をともなう激しい訊問を受けているのに、幸司郎に対する取調べはほとんどおこなわれていない。

しかし、幸司郎は決して楽観することはできないと思った。放火事件に無関係な渋井

は、激しい拷問をくりかえされても犯行を否定しつづけるだろう。その強い態度に取調べに当る者も不審感をいだいて、やがて糺明の対象を幸司郎に向けてくる可能性が大きい。

前田副長や市川大尉が口にしたように、航空隊上層部は九七式艦上攻撃機の放火事件の背後に反軍的組織がひかえていると疑っているようだ。当然、幸司郎の本格的調査が開始されれば、身辺が徹底的に探られる。そして、面会者名簿に山田と名乗る男の姓名が数回書きとめられていることも重視され、縁者でもなく知己でもない男との関係をきびしく追及するだろう。幸司郎としては、結局、上野駅で男のトラックに乗せられたことがきっかけで親しくなったと告げなければならなくなる。男としばしば亀城公園の近くの料理屋で会っていたこともあきらかにされ、疑惑が一層深められるだろう。もしも身辺捜査が開始されれば、自供をこばむ自信はない。男の存在が浮び上ることによって、落下傘問題からさらに九七式艦上攻撃機の炎上事件の発覚にまで発展してゆくおそれがある。その折には確実に銃殺刑が待ちかまえているのだ。

脱走しよう、とかれはつぶやいた。全面的な自供に追いこまれるのは時間の問題であり、どうせ死を科せられるものなら、たとえ成功の確率は少くとも自らを賭けてみる必要がある。

かれは、男に会いたかった。男のみが自分を支えてくれる唯一の存在のように感じられた。男に会うためには、この禁錮室からのがれ出ねばならぬ。男に会いたいという強い願いが、かれの決意をかためさせた。

かれは、脱走方法について終日計画を練るようになった。もしも男が企てたらどのように仕組むだろうと、かれは男の眼鏡の奥に光っていた眼を思い浮べながら思案した。

脱走時刻としては、むろん夜間を選ぶべきだった。巡検が終った後の深夜が最も望ましいが、牢から脱出するためには扉の鍵を入手しなければならない。が、たとえそれを手に入れることができたとしても、夜を徹して立哨する番兵に気づかれずに房の外へ出ることは不可能と言っていい。

それよりも禁錮室から出される唯一の機会である厠へ通う時を利用するのが好ましかった。厠へ入って用を足す間に手錠をはずし、厠を出た直後に走り出せば逃亡に成功するかも知れない。

気がかりなのは、体の状態だった。まず計画を成功させるためには走ることが必要だが、一カ月以上正坐を強いられているかれの両脚は変調をきたしている。厠へ歩く時でも膝頭がふるえて、長い距離を走ることなど到底出来そうにもなかった。

さらに、逃亡する折に番兵と争うことも十分に予想された。就寝時には手錠をはずして腕の運動をはじめてはいるが、手を背の方向に曲げられるまでには至っていず、格闘することなど思いもよらぬことであった。

かれは、手足の機能を回復させることが先決だと思った。

かれは律義に守っていた正坐の姿勢を、急にくずすようになった。足を腰の下からはずしては、絶えず指先でマッサージする。番兵がなじるような眼を向けると、かれは卑屈な表情で頭を何度も下げ、再び姿勢をただすようにしていた。

巡検の士官たちが去ると、毛布の中で腕の運動を熱心につづけた。腕の付け根の関節がきしんで堪えがたい痛みが起ったが、連日運動を繰返しているうちに腕を背中の方にまわすこともできるようになった。

或る日、かれは、交代する番兵同士の会話を耳にして、計画を実行する機会がやってきたことを知った。番兵たちは、その夜隊内で隊員慰問のための映画会が催されるということを口にしていた。当然隊員は講堂に集って、隊内には人影もほとんどなくなるはずだった。

しかし、かれは逡巡した。それは、脱走を決意してからまだ五日間しかたっていないことに気持が臆したからであった。生死をわかつ賭を実行するには余りにも準備期間が短く、もう少し計画を入念に練る必要がある。いつかまた別の機会がやってくるまで待とうと断念しかけたが、実行をいたずらに遅延させることは不利だとも思い直した。もしも身体検査を受けるようなことでもあれば、下着の下から針金が発見され計画は挫折するだろう。それに自分に対する容疑が深まって、他の厳重な獄房に移され脱走の機会を失うことも予想される。かれは、思いきって実行することを決意した。

かれは、隊外へのがれ出る場所として飛行学生舎の裏手が最も適していると判断していた。そこには一メートルほどの高さの土手があって低い竹矢来が組まれている。下士官の中には夜間にその個所を越えて遊廓に遊びに行く者が多く、昨年の夏にはそれを監視するため番兵が配置されたこともある。

かれは、厠を出たらその個所に走ろうと思った。

夕方五時に、番兵が交代になった。

幸司郎は、新たに配置された番兵を眼にして今夜こそ実行すべきだと改めて感じた。それは顔見知りの補充兵で、動作が鈍いためよく制裁を受ける三十代の兵だった。幸司郎は、強靱さの全くないその体をうかがいながら、体力的にも争うのには好都合な兵だと思った。

日が、没した。小さな窓に眼を向けたかれは、天候も自分に幸いしていることを知った。夜空には、月も出ていないようだし星も散ってはいなかった。

補充兵の差し入れてくれた乏しい食物を、かれは念入りに咀嚼した。脱走するために少しでも体力をつけておかねばならぬと思ったのだ。

食事を終えた後、かれは膝をくずして足をもんだ。自分の生命が、足の機能にすべて賭けられているのを感じた。窓の夜の色が、さらに濃くなった。

かれは、足の筋肉がすっかりほぐれたことをたしかめてから、

「お願いします。厠へ行かせて下さい」

と、鉄格子の外に声をかけた。

椅子に坐っていた補充兵の影が壁にゆらいで、鍵束の鳴る音がし、小肥りの兵が鉄格子の外に立った。

「厠ですね」

兵は、下級者らしい丁重な口調で言うと、手にした懐中電灯の光を房の中に放って幸司郎が両手錠をはめているのをたしかめた。それは、夜間に幸司郎を厠へ出す時の定めで、補充兵もその規則を教えられているのだ。

鍵がさしこまれて、小さな扉がひらいた。

幸司郎は、身を横たえて入念に足をもみ直すと、扉から房の外に這い出た。灯油庫の入口の方へ補充兵に監視されて歩きながら、脱走条件を有利にするため、この兵をあざ

むいてやろうと思い立った。

いつも通っている厠は兵舎の裏手にあって、脱走時に補充兵が叫び声をあげれば、舎内に残っている兵が飛び出してくるおそれがある。その厠を使用するよりは、発動機倉庫の裏にある野外便所ともいえる厠を利用した方が成功の確率が高い。その周辺には人気もなく、それに隊外へのがれ出る飛行学生舎裏の土手にも近いのだ。

かれは、灯油庫を出ると左手の方へ歩き出した。

「待って下さい。厠は逆の方向です」

補充兵が、いぶかしそうに言った。

幸司郎は立ち止ると、

「いいんだ。今までは兵舎の厠を使っていたが、禁錮室に入っている者は一般の兵の厠を使ってはいけないと叱られた。それで、今日からこちらの小さな厠を使わなければならなくなったのだ」

と、落着いた口調で答えた。

補充兵は、うなずき、銃を手に幸司郎の後ろからついてきた。

あたりに人気はなく、濃い闇がひろがっている。幸司郎は、背後に軍靴の土をふむ音をききながら厠に近づいた。

胸の動悸が、息苦しいほど高まってきた。もしも逃亡に失敗すれば、たちまち銃殺されれ生きる望みは完全に断たれる。

厠は、古板を打ちつけたような粗末なもので、常時使われていないため排泄物の臭いも薄かった。かれは、板扉をひらくと内部に身を入れた。

扉は開かれたままで、補充兵の視線が背に注がれているのを意識した。

かれは、闇の中でしゃがむと深く頭を垂れ、手を下着の下に徐々にさし入れた。体温であたたかくなっている針金が、指先にふれた。かれは、それを引き出すとしばらく身じろぎもしなかった。やろうという意識と、逡巡する意識が胸の中で交錯した。が、かれの指は自然に動いて、針金の先端をほのかな輪郭を浮び上らせている手錠の鍵穴にさし入れていた。

かれは、針金をゆっくりと動かしたが、いつもとはちがって針金の先が目的の個所にふれない。かすかな狼狽が胸の中に湧いた。冷静さを欠いているのだろうか、とかれは思った。

不意に針金の先端に手ごたえがあって、手錠のひらく音がした。

かれは、思わず立ち上りかけた。それは余りにも大きく、そして鋭い金属音であった。毛布の中で耳にする軽やかな音とは異なって、その音はあたりの静寂の中で甲高くひびいた。

全身の毛穴がひらいて、冷たい汗がふき出た。かれは、手錠を閉じ直そうかと思った。補充兵の耳に、その音は異様な音として達したにちがいなかった。

かれは、闇の中で身をすくめ、扉の外の気配に神経を集中した。が、補充兵は身を動かすこともしないらしく靴の近づく音もしない。

しばらくかれは、そのましゃがんでいた。安堵がわずかながらもどってきた。

かれは、体の緊張をゆるめるため深く息を吐いた。そして、両手首から手錠をはずすとそれを左手につかんだ。

かれは、立ち上った。しゃがんでいたため足がしびれていた。そのままじっとしていると、足に温かみがもどってきた。

かれは、厠の外に出た。眼の前に、補充兵の顔があった。

血が、頭の中で逆流した。かれは、左手につかんでいた手錠を補充兵の顔に勢いよくたたきつけた。

短い叫び声が兵の口からもれ、手で顔をおおうのがみえた。

幸司郎は、走り出した。

「待て」

という声がきこえた。

ふり向くと、補充兵が短剣を引きぬくのが闇の中にみえた。

かれは、走った。

「禁錮犯、逃亡。逃亡」

という叫び声が、軍靴の重々しい音とともに追ってくる。

足に力が入らない。柔かい物をふんでいるように、上体が前方に傾いているだけで足がついてこない。

補充兵は、闇の中にかれの姿を見失ったのか、逃亡、逃亡という声が幾分遠のいた。

幸司郎は、立ちどまると急いで靴をぬいだ。そして、靴下のまま飛行場の方へ走ったが、その方向に燃料庫があって番兵が立哨していることに気づき、左方向に駈けた。

かれは、自然に建物のかげに沿って走った。発動機倉庫の左側から主計科倉庫と道場の間を進み、整備科倉庫のかげにとりついた。通信室の傍を走りぬけると、引込線のレールに沿って九六陸攻の掩体壕の前を走りぬけた。

その時になって、ようやくかれは、予め定めていた隊外へ逃れる個所に向っていることに気づいた。

かれは、右に向きを変えると飛行学生舎にむかった。学生舎には灯がともっていて、窓の外に人の動く影がみえる。そこには、若い飛行学生たちが起居しているのだ。

かれは、走るのをやめ注意深く学生舎に近づいた。肺臓が裂けるのではないかと思えるほど呼吸が苦しく、腰から下方の筋肉と関節に激しい疲労が湧いている。かれは、足をひきずるように学生舎の傍を身をかがめて急いだ。

前方に、竹矢来の組まれた土手が黒々と見えてきた。

その時、隊内の拡声器に電流が入ったらしく雑音が流れ出た。次の瞬間、

「禁錮犯逃亡、禁錮犯逃亡。衛兵隊集合」

という声が流れ出た。

幸司郎は走り出すと、土手をかけ上り、低い竹矢来をまたいだ。

土手の外に、道があった。

かれの足は、下宿のある荒川沖の方へ向った。

隊外に出ることはできたが、安堵感は少しも湧いてはこなかった。航空隊では、衛兵司令の指揮で兵が四方八方に放たれるだろう。かれは、ほの白い道を走りつづけた。

カーブした道にさしかかった時、不意に足をとめた。一軒の家から前方の路上に灯が流れ出ている。闇をすかしてみるとそれは理髪店で、客もいるらしく白い理髪師の衣服がガラス越しに動いていた。かれは、足音を忍ばせて近づくと道の片側を急いで通り過

ぎた。

かれは再び走り出したが、その直後、路上に二つの人影がみえ、人声もきこえてきた。引返すわけにもゆかずそのまま進むと、自転車をひいた男が妻らしい幼児を背負った女と沈んだ声で話し合いながら傍を過ぎていった。

さらにそれから間もなく、足早に歩いてくる中学生にも出会った。

幸いあたりは暗く顔を見られるおそれはなかったが、道をたどることは危険だった。かれは、道をはずれると畠の中にふみこみ、畦道《あぜみち》を縫って走りはじめた。なぜかわからぬが、かれは自然と下宿のある荒川沖にむかって急いでいた。

畠がつきると、竹藪の中に走りこんだ。農家の庭先に入りこんだり雑木林の中を手探りに進んだりした。かれに、時間の観念は失われていた。かれは、ただ足を動かしつづけるだけだった。

航空隊の隊門から捜索隊を乗せたトラックが続々と走り出る光景を想像して、かれはおびえた。単純な脱走兵ではなく禁錮犯の逃亡に、その捜索は規模も大きく広い範囲にくりひろげられているにちがいなかった。

小川に突き当った。かれは腰まで水につかって流れを渡ると、対岸に密生した藪《やぶ》に這いこんだ。その中を通り抜けると眼の前に村落がひろがった。

かれは、肩をあえがせながら村落の家々をうかがった。点在する農家に灯はみえず、濃い闇が村落をおおっている。

眼の前に軒のかしいだ納屋が立っていた。かれは、あたりに視線を走らせながら納屋に近づくと内部へ身をすべりこませた。

膝がくずおれ、藁の上に仰向けに倒れた。呼吸が苦しく、胸をかきむしった。汗に濡れた体には感覚がなく、嘔吐感がつき上げたが吐き出す物はなかった。

しばらくして半身を起したかれは、両足が血に染まっているのに気づいた。藪の中を走る時に傷ついたものにちがいなかったが、足が自分をこの場所まで連れてきてくれたのだと思うと、その血液が痛々しいものに感じられた。

かれは、激しい空腹感と渇きにおそわれていた。足に感覚がもどってきて、傷口の痛みが湧きはじめてきた。

どこへ行こうか、と、熱しきった頭で考えた。自然と下宿にむかって進んできたが、下宿先には衛兵隊の捜査の手が伸びているはずだった。行くあてもない虚脱感が、胸をしめつけた。

ふと、男に会いたいと思った。男は「今後どのようなことにでも相談に乗ってやる」と言ってくれた。幸司郎は、男の言葉に決して偽りはないと信じた。男は、すぐれた能力を持ち、逃亡した自分の身を巧みに守護してくれるにちがいない。

幸司郎は、上野駅に行ってみたいと思った。上野駅は、男と最初に会った場所であり、その駅前で声をかけてくれたことから考えると、そこに行けば男に会えそうにも思えた。男に体を抱きしめてもらいたかった。

上野へ行くには歩いてゆくこともできるが、貨物列車にでも乗って近づく方法がある。漠としたものではあったが、このまま進めば鉄道の線路にぶつかりそうな予感がした。

かれは、体を起した。納屋に留まっていることは危険だった。夜の間に、出来るだけ霞ヶ浦航空隊からはなれなければならない。かれは、足をふみしめて納屋の外に出た。

傍に立つ農家は、寝静まっていた。

入口の戸がひらいていた。農家で生れたかれは、その入口から入れば土間に炊事場があることを知っていた。空腹感がつき上げてきた。かれは、周囲に眼を配りながら内部に足をふみ入れた。

予感した通り壁ぎわに竈《かまど》が二個並んでいて、その一方に大きな釜がのせられていた。蓋をあけると、飯がみえた。

かれは、棚から笊《ざる》をおろし、飯をすくって移すと、手づかみで口に入れた。禁錮室であたえられていた麦飯とちがって、米飯は甘い味がした。かれは、甕《かめ》の水を杓《ひしゃく》で何度もすくっては飲んだ。

ようやく満腹感をおぼえたかれは、土間を見まわした。入口の近くに一台の自転車があった。かれは近づいてハンドルに手をふれてみた。逃亡するのには、好都合な道具だった。が、自転車を走らせるためには道路を行かねばならず、捜索隊に発見されるおそれがある。

かれは、海軍の白い事業服を着ていることはまずいと思った。壁を眼でさぐると、黒ずんだ衣服と帽子がかかっているのに気づいた。

手にとってみると、それは郵便配達夫の制服と制帽で、上り框《かまち》の下には靴も脱ぎ捨てられていた。

かれは、唇をなめた。いいものを見つけたと思った。郵便配達夫の姿で自転車を駆ってゆけば、捜索隊の眼を欺くことができるかも知れない。

かれは、靴をはき事業服の上から衣服をつけた。体格の大きい配達夫らしく、制服の下に事業服はかくれた。帽子を手にしたかれは、静かに自転車を外へ曳き出した。

盗みをはたらいたという罪の意識が、胸をかすめすぎた。軒下を見上げると、下村という文字が古びた表札に浮び上っていた。

かれは、制帽をかぶり自転車にまたがると、庭先をまわって田舎道に出た。電池はついていたが、無灯のまま自転車を走らせた。

細い道から細い路をたどった。行きどまりになった路を何度も引返したりした。思いきって広い道路を進んだこともある。いくつかの小さな橋を渡り、土手道にも出た。闇の中には所々に人家の灯がみえたが、路上にはトラックの光芒も自転車の灯も近づいてはこなかった。

一時間ほど進んだ頃、前方に長い橋がみえてきた。それは利根川に架かっている橋らしく、太い鉄骨の上部構造が闇の中に浮び上っている。捜索隊がその橋を扼《やく》している可能性は大きく、かれは、自転車をとめて、橋の方向をすかしてみた。が、橋上にもその近くにも人の気配はなかった。

この橋さえ渡れば逃亡は半ば成功するにちがいないと思ったかれは、意を決してゆっくりと橋を渡りはじめた。もしも、捜索隊に発見され捕われそうになった折には、橋の下に身を投じようと思った。

橋上の広い道は白っぽくみえ、動く人影もない。かれは橋を渡りきった。緊張感が一時にゆるみ、ペダルをふむ足に力が入った。細いタイヤの音が快くきこえた。

沼の近くの道を通った。かれは、男のトラックに乗せられて走った道のようにも感じ、そのまま進めば東京に到達することができると思った。

松戸の町を過ぎた頃、夜空が青ずみはじめた。かれは、夜の明けるのを恐れた。予期以上に遠くまでのがれることができたが、明るい陽光に身をさらされることは恐しかった。

東京と千葉県との県境に架けられたものなのだろうか、長い橋にかかった頃には夜が明けはなたれていた。

かれは、陽ののぼるのを恐れるように一層力をこめてペダルをふんでいったが、橋の中途まできた時、前方から自転車に乗った男が近づいてくるのに気づいた。それは、かれが自転車で夜道を走り出してから初めて眼にする人間であったが、意外にもその男は自分と同じ郵便配達夫の服装をしていた。

見破られそうな予感が、体を硬直させた。男との距離が接近した。男は、幸司郎の近づくのに気づいたらしく黒ぶちの眼鏡を上げた。

不意に男の右手があがると、挙手の礼をとり、

「お早う」

と、言った。

幸司郎は、反射的に挙手して、

「おうっ」

と、答えた。

男が、傍を通り過ぎていった。

幸司郎は、一瞬放心状態におちいった。恐怖が消えると、安堵とかすかな可笑し味のようなものがひろがったが、全身には冷たい汗がふき出ていた。

橋を渡って、新開地らしい町の中を進むと、路上に人の姿がどこからともなく湧いてくるようになった。牛車や馬車が車輪を鳴らして通るようになり、トラックも往き交いはじめた。作業服を着た男やモンペをはいた女たちが、出勤するらしく道を急ぐ姿も多くなった。

人の姿を恐れていたかれは、逆に人の群れに自分の存在が埋れたことを知って不安も幾分薄らいだ。

かれは、上野駅へ行きたかったが、道を通行人にきくこともためらわれて都電通りを進みつづけた。

電車のガードをいくつかくぐりぬけると、日本橋に出た。かれは、出来るだけ霞ヶ浦航空隊からはなれることを願ってペダルを踏んだ。

午後になって、大森の町に入った。かれがその町で自転車を走らせることをやめたのは、空腹感からだった。身につけている郵便配達夫の制服のポケットを探ってみたが、金は入っていない。が、もしも金を所持していたとしても町には買い求める食物はなく、結局働き口をさがさなければ飢えから身を守ることはできないのだ。

かれは、大森区役所の前に職業周旋所というノレンのかかった家を見出し、自転車を置いてノレンをくぐった。

金歯をはめた太った男が、かれに椅子をすすめた。

幸司郎は制帽をとると、

「いい仕事はありませんか」

と、たずねた。

男は、幸司郎の顔を見つめていたが、

「胸でも悪いのじゃないのか」

と、言った。

幸司郎は、男の口にした言葉の意味に気づいて顔をこわばらせた。長い間鏡を見ていないので意識したこともなかったが、二カ月も禁錮室に拘置されていたので顔は青白く頬も瘦せこけている。髪も伸びてしまっている自分を、男が肺結核患者ではないかと疑うのも無理はない。

「いえ、胸は悪くありません、胃が少し弱いだけです」

と、かれは答えた。そして、郵便配達夫の服装をしていることを不審がられぬため、郵便配達夫をしていたが郷里の父と諍《いさか》いを起して飛び出してきたと説明した。

男は、人手も少い折なのでそれ以上詮索する気はないらしく、どのような職場がよいかとたずねた。幸司郎は、身をひそませるのに好都合な職場でなければ発覚するおそれがあると思い、

「家出をした私を、父親は探し廻ると思います。郷里へ帰る気はありませんので、探し出されぬような所がいいのですが……。小さな会社かなにかありませんか」

と、言った。

男は、即座に馬車曳きはどうかと帳簿を繰りながら言った。幸司郎は、直感的に適当な職場だと思い、郷里で馬を扱ったことがあるからそこを斡旋して欲しいと頼んだ。

男は立ち上ると、案内するからと言って自転車をひき出してきた。そして、幸司郎と自転車を並べて細い道を縫うように走り出した。

十分ほど走って池上本町の町並に入ると、男は、萬力運送店というペンキの剝げかけた看板の出ている家の前で自転車をとめた。そして、幸司郎をうながし店の中へ入った。

暗い店の奥から、五十歳ぐらいの長身の男が出てきた。それが運送店の経営者で、男の説明を無言でうなずきながらきいていたが、

「働いてもらうよ」

と、あっさり言った。

日が西に傾き、店の中にも夕方の気配がしのび入ってきた。

幸司郎は、その日が暮れたことを知った。

三

その夜、かれはヨードチンキを借りて足の傷に塗りつけた。小指の爪は剝がれかけていて、その部分に薬液を落したかれは、呻いた。

萬力運送店には、牛と馬が三頭ずついて、二人の男が雇われていた。新たな生活がはじまった。そこには、精神棒による制裁も禁錮室での正坐もなかったが、自由を得たはずのかれは、周囲から体をしめつけられるような重圧を感じていた。

かれには、人の群れが畏怖の存在として意識された。店内の者をはじめ路上の通行人や子供まで、すべてがかれにとっては敵であった。もしも、自分の素姓がかれらにさとられれば、軍に通報される。つまりかれらは、例外なく自分を積極的に処刑台に送る者たちなのだ。

かれは、名だけを一郎と偽ったが不覚にも店主に姓を望月と告げたことを悔いた。霞ヶ浦航空隊では兵を各方面に放って探索しているだろうし、やがては憲兵隊も捜査に加わるだろう。望月という本姓が、かれらの眼にふれ逮捕のきっかけになるかも知れないと思った。

採用された翌朝、かれは茶褐色の馬と荷台をあたえられた。初仕事は、石炭を下丸子の三井精機という会社に運ぶことであった。

運搬先までの略図を渡された時、かれはその職業が自分にとって危険きわまりないものであることに気づいた。馬車を曳いてゆくことは、道路を白昼自分の顔をさらして歩くことを意味する。身にまとっている物は農家で盗んだ郵便配達夫の制服であり、その上顔色も青白く髪も伸びたままになっている。それは、異様な姿として人の目をひくだろう。

立ちすくんだかれに伊藤という馬車曳きが近づいてくると、古びた手拭を投げてよこした。そして伊藤は、手拭の使用法をしめすように腰からぬいた手拭で頰かぶりをしてみせた。

幸司郎はうなずき、伊藤にならった。

手拭をかぶると、かすかな安堵が胸に湧いた。かれは、手拭のふちをずらして顔の露出部分をなるべく少くするようにつとめた。

馬は従順で、かれが手綱をとると歩き出した。路上には、人があわただしく往き来している。トラックが走り、馬車や牛車が通り過ぎる。戦況の悪化でガラス戸を閉ざしている商店が多く、町々には家並と道路があるだけだった。

その日、かれは大森駅近くの石炭貯蔵場で荷を積み下丸子に行った。運搬先の広い工場の構内には、戦闘帽をかぶった作業員にまじって勤労動員された学生たちがせわしなく動きまわっていた。

幸司郎は、路上では顔を伏せて歩き、石炭の積み下ろしには粉塵を避けるように手拭で口と鼻をおおった。

夕方店にもどったかれは、激しい疲労を感じて横になった。仕事は決して辛くはなかったが、絶えず四囲に眼をくばりつづけていたので、神経がすっかり疲れきってしまっていたのだ。

かれは、頰かぶりをするだけでは不安でならなかった。顔は青白く、捜索隊の眼にふれればすぐに見破られることは確実だった。

かれは、顔の印象を変える必要があることに気づき、夕食後、店主の菊地に金の前借を申し入れた。眼が近視なのだが、眼鏡を故郷に置いてきてしまったので買い求めたいと言った。

菊地は不快そうに顔をしかめたが、人手不足で気弱になっているのか、申込んだ額を手渡してくれた。

幸司郎は、それを手に裏通りの小さな眼鏡店で素通しの眼鏡を買った。鏡に映してみると、自分の青白い顔が妙にインテリ臭いものに変貌してみえた。

かれは身のまわりの整理にも手をつけ、翌朝早く起きると、炊事場に行って海軍で使っていた下着を竈の火の中に突き入れた。白い事業服だけが気がかりなものとして残ったが、それは機会をみて処分することにし、風呂敷の中にまるめて押入れの奥にかくした。

手拭と黒ぶちの眼鏡が、かれにとってささやかな心の救いになった。その日、同僚の伊藤にバリカンで頭を刈ってもらい、その礼に海軍の腹巻をあたえた。

かれは、専ら石炭運びに従事した。運搬先は三井精機と大森の田中熱機で、郵便配達夫の制服もいつの間にか石炭の粉と路上に舞い上る土埃によごれた。

川崎にいる女の家のことが、時折り脳裡に浮んだ。禁錮室に入れられるまで、女からは十日置きぐらいに手紙が来ていたが、かれには女に対して異性としての関心は薄かった。むしろその母親の優しい眼や隣室で病臥していた父親の顔が、なつかしいものとして思い出されてくる。そこには、たしかに家庭の温かい雰囲気があり、かれは再びその中に身をひたしてみたかった。が、女の家には当然航空隊からの捜索の手はのびているはずだし、第一女の家の者たちは自分に対する好意などみじんもなくなっているだろう。むしろ重罪をおかした脱走犯として、かれを海軍に突き出すにちがいなかった。

女の家のある川崎の町は近かったが、かれは、女とその母親に会うことを恐れて道を迂回するのが常だった。

生家へ帰りたいという気持も強かったが、それは確実に自分を死へ追いやることにつながる。母をはじめ家族たちは憲兵や刑事に厳しく追及されているだろうし、村の者たちからも冷たい眼を向けられているにちがいなかった。

かれは、自分を庇護してくれる者が、この島国では皆無であることを感じた。ただ例外は、山田と称していた男だけだと思った。

不安にみちた一カ月が過ぎ、梅雨の季節がやってきた。

かれは、雨の中を馬車をひいて歩いた。頬かぶりをした上に雨よけのゴム製の帽子をかぶるようになったので、かれにとって降雨はありがたかった。

或る日、かれは大森にある石井精密という会社のスレート屑の処理に従事した。遺棄場所が大森憲兵隊近くの埋立地であることが、かれの気分を重くした。

かれは、帽子を深々とかぶって工場と埋立地の間を往復したが、夕方近く工場の構内に立つ寄宿舎前に来た時、思わず足をすくませた。思いがけぬ男が、前方から番傘を手に歩いてくる。それは、故郷の生家の隣に住む望月民平という中年の農夫だった。

民平は、徴用工として働いているらしく、工場の作業帽と作業服を身につけている。

幸司郎は、身をかたくした。民平が自分の顔に気づけば、手配者としてすぐに軍に告げるだろう。かれは、顔を伏せた。幼い頃から見なれている民平に、自分の顔を見破られそうな予感がして、かれは掌で雨をぬぐうように顔をおおった。胸の動悸が、音高く鳴っている。民平との距離が接近した。

雨滴のはねる音をさせて番傘が近づき、そして傍を過ぎていった。幸司郎は、尚も顔を掌で拭いつづけていたが、今にも背後から声をかけられそうな気がしてならなかった。

構内の道の角を曲った時、かれは馬車とともに走り出したい衝動にかられた。眩暈《めまい》がしきりにして、雨の音が真綿に包まれたように遠くきこえる。

仕事はまだ残っていたが、かれは事務所の係にも断わらず、そのまま馬車を曳いて店に帰った。そして店主に、石井精密の仕事は気に染まないから他の者を廻すようにしてくれと頼みこんだ。

しかし、それから三日後、かれの体は冷えた。

その日は晴天で、かれは早朝に店を出ると田中熱機に赴いた。あたえられた仕事は横浜の鋳物会社に鋳物材料をとりにゆくことで、若い社員が馬車の荷台に乗った。

かれは、麦藁帽子をかぶり空車をひいていった。雨がつづいていただけに、かれには明るい陽光が快く、帽子のひさしをあげて顔面を陽にさらしながら歩いた。

馬車が、多摩川に架かる長い橋にかかった。

かれの眼に、トラックが十台ほど橋の上でとまっているのがみえた。磨きぬかれたフロントガラスには、陽光が眩しく反射している。

かれの足は、不意にとまった。トラックの荷台の上に、見なれた白い衣服と帽子がみえた。それは、脱走以来初めて眼にする海軍の制服と制帽だった。

さらにトラックの助手台から降り立った下士官の姿を見た時、かれの全身の血液は凍った。それは鵬部隊の中田兵曹で、エンコしているらしいトラックの修理にあたる運転手の動きを見守っている。

中田兵曹がいることは、トラックの荷台に霞ヶ浦航空隊の顔見知りの者が数多くいることをしめしていた。

馬車が突然停止したことをいぶかしんだ社員が、

「どうしたんだい」

と、荷台から苛立った声をかけてきた。

幸司郎は、中田兵曹をはじめ多くの隊員たちの眼をのがれて橋を渡りきることはできないと思った。かれらの中の一人が眼鏡をかけて変装している自分に気づけば、たちまちかれらに捕えられるのだ。

しかも、トラックの列が停止しているので橋上は片側通行になり、数名の隊員がトラックから下りて橋を渡る車の交通整理をしている。その狭い個所を見とがめられずに通過することはできそうにもなかった。

馬車を捨てて逃げよう、とかれは思った。が、馬車の背後に詰まったトラックの連続的なホーンの音に驚いたらしく、馬が足早に歩き出した。かれの手は手綱からはなれず、足が引きずられるように動いていった。

かれは、乱れた意識の中でわずかな救いを見出していた。トラックの停止している個所は、川の流れの真上にある。もしも、隊員のだれかに気づかれた場合には、捕われる前に橋の欄干を越えて川に身を投げればいい。

麦藁帽を深くかぶりたかったが、手がかじかんだように動かない。陽光を浴びるために帽子のひさしを上向けにしていたことが悔まれた。かれは別人のように装うため顔をゆがめ、川面の方に眼をそらした。激しい動悸がして、意識が霞みかけている。

トラックのフロントガラスの輝きが、閃光のように眼の片隅を鋭く射てきた。かれは、馬の体に眼を向けつづけていた。馬の脚の付け根の関節が、茶色い毛におおわれた皮膚を動かしている。

前方からの車が絶えたのか、

「通れ」

という声が、身近でした。その兵の眼が、自分の顔をなぐようにかすめ過ぎた。

乾いた欄干がつづいている。もしもなにか声をかけられれば欄干に突っ走ろうと、かすんだ眼で距離をはかった。

視線の右隅に、トラックの太いタイヤが一つずつ後方に流れてゆく。馬の関節は律動的に動き、その背中越しに欄干と下方にひろがる川の流れがみえた。

ようやく、トラックのタイヤの列が絶えた。

かれは、背後に自分の姿を凝視している視線を感じ、軍靴の音が迫ってくる予感におびえた。が、後方には荷台の乾いた車輪の音と後ろからついてくるトラックのエンジンの音がしているだけだった。

長い橋を渡ると、車や自転車が馬車を追い越してゆく。全身の毛穴から汗がふき出した。かれは、膝を屈し両手を路上について意識の遠のくのを堪えていた。

翌日、かれは仕事を休んだ。体が熱を帯び、食欲がなかった。橋上でトラックをとめていた鵬部隊は、横須賀へでも行った帰途なのだろうか、戦局が悪化するにつれて部隊の移動は激しくなるだろうし、路上で出遭う機会も多くなるにちがいない。見とがめられずにすんだことは、奇蹟と言ってよかった。が、奇蹟は二度と自分を利することはあるまい。

馬車を曳いて歩く職業をえらんだことがあやまっていたのだ、とかれは思った。路上を歩きまわることは、それだけ自分の顔を人の眼にさらす機会を多くする。

かれは、他の職種に転ずることを考えた。小さな工場にでも勤めて作業場内で一日をすごすことができれば、人に出会うことも少いだろう。しかし、町工場も大きな軍需工場の系列下に入っていて、身許の確認が厳しいらしい。それに比して、萬力運送店では食糧の配給通帳もないのに、闇ルートから入手する食物をかなり豊富にあたえてくれている。

結局かれは、人の眼にふれる危険は大きいが、都会で生きてゆくのには、この運送店で働く以外に方法はないことを知った。

かれは、絶えず麦藁帽を目深にかぶって仕事をするようになった。青白かったかれの顔は連日路上を歩くため日にやけて、夏の陽射しが強くなると皮膚はどす黒くさえなった。

七月中旬、サイパン島守備隊の玉砕が報じられ、町の空気はあわただしさを増した。防空演習の訓練は各町内でさかんにおこなわれ、警戒警報のサイレンが鳴って夜間に灯火管制がしかれるようにもなった。

人々の顔には、険しい表情が濃くなっていた。サイパンの失陥によって敵爆撃機の来襲が時間の問題だと伝えられ、学童をはじめ一般人の疎開もはじめられていた。

そうした中で、幸司郎は自分だけが戦争の環から一人はずれて生きていることを意識した。同年齢の男たちは兵籍に入っているし、一般の者たちも軍需工場で働いたり疎開準備にせわしなく動きまわっている。かれは、ただ一人取り残されたような孤独を感じたが、自分の生命を守るためには堪えなければならぬのだとも思っていた。

暑い夏だった。

馬の体は汗で濡れ、乏しい飼料しかあたえていないので骨が浮き出し、馬は喘《あえ》いだ。が、燃料も急激に減少してトラックも動かなくなったため、萬力運送店には仕事が殺到していた。

幸司郎は、早朝から日没後まで馬を曳いて歩かねばならなかった。東北生れのかれは暑熱に疲労も甚しく、違法を承知で荷台に腰をかけて手綱をあやつったりした。

或る夕方、かれは川崎と鶴見間の南武線のガード下にかかった。そして、ガードをくぐりはじめた時、頭上を電車が通った。

電車のレールを鳴らす音が両側の壁に反響し、その音に驚いた馬が突然走り出した。荷台に腰を下ろしていたかれは、うろたえて強く手綱をひき、馬の動きをとめることにつとめた。が、馬車はそのまま走って、ガードの出口で馬車の通過を待って停止していたトラックに荷台を接触させた。

荷台からとび下りた幸司郎は、馬の口をとらえてようやく車の動きをとめたが、トラックからおりた運転手に肩を強くつかまれた。トラックの運転台のステップがつぶされていたのだ。

幸司郎は、古びた傷だらけのトラックでもあるので気分も楽だった。そして、馬が電車の音に驚いたことが原因だと弁明した。が、運転手は幸司郎の態度に気分を損ねたらしく、荷台に乗って手綱さばきをしていたことが事故の原因だと言って、かれの腕をつかみ歩き出した。

幸司郎は、男が近くの交番に連れてゆこうとしているのに気づいてたじろいだ。自分の手配写真が警察関係にも配布されていることは十分に予想される。たとえ眼鏡をかけていても、写真とつき合わされて署に連行されれば、すべては終りになるのだ。

幸司郎は、顔色を変えて運転手に何度も詫びた。が、男は、頑なに首をふりつづけている。

交番が近くなって、警官がこちらに顔をむけているのが見えた。幸司郎は、落着きを失った姿をみられることは不利だとさとって従順に男にしたがった。

交番に入ると、運転手は事故の模様を説明した。幸司郎は、頭を垂れて顔を直視されぬようにつとめていたが、警官が不意に手を伸ばすと、

「この野郎、帽子をかぶったままでいる奴があるか」

と、怒声をあげて麦藁帽をはねとばした。

幸司郎は、狼狽した。麦藁帽は自分の顔を遮蔽する重要な道具だが、それをとりはらわれたかれは、自分の顔が露出してしまった恐怖を感じた。

警官は、心証を害したらしく幸司郎をにらみ据えて、氏名は？　ときいた。望月一郎ですと答えると、

「モチヅキ？　どう書くんだ」

と、言った。

幸司郎は、特殊な姓であるだけに手配書でもまわっていたらたちまち警官に気づかれてしまうと思った。かれは、指先をのばすと机の上に望月と書いた。

警官は、勤務先その他も記入してから紙片を見つめていたが、

「二十歳だというのに兵役はどうした」

と、顔をあげた。

幸司郎は、胸に鉛の溶液が流れこんできたような息苦しさをおぼえた。予期しなかった質問に、かれは口ごもった。が、自然に口が動いて、かれは、

「胸が悪いので……」

と、答えていた。職業周旋所の男に言われた言葉を思い出していたのだ。

警官は、いぶかしそうに幸司郎の顔を見つめると、

「色も黒いし、そんな風には見えないじゃないか」

と、言った。

幸司郎は顔を伏せ気味にして、

「毎日歩いているものですから……。少しぐらい悪くても働きませんと……」

と、低い声で言った。

警官は、口をつぐんだ。

幸司郎は、自分の答えが警官の気持をやわらげたらしいことに気づいた。おそらく警官は、幸司郎が病を押して働いていることに、戦時下の若者らしい誠実さを感じたのかも知れなかった。

警官は顔をあげると、幸司郎が馬車曳きとして禁じられている荷台から手綱を操っていたことをきびしく責めた。

幸司郎は何度も頭をさげ、

「体が疲れるものですから……」

と、弱々しげな声で言った。

警官と幸司郎の間に交される言葉を黙ってきいていた運転手が、

「どうかね、お巡りさん。この人は若いし、体が悪いのに働いているようだ。御時勢もこんな時だから許してやってくれませんか」

と、遠慮がちに言った。

警官は、不機嫌そうに書類を繰っていたが、

「いいか、今度法規違反をしたらブタ箱にぶちこむぞ。それから、交番にきたら帽子をとるんだ。帰れ」

と、眼をいからせて言った。

幸司郎は、頭をさげて交番を出た。

馬車の傍にもどると、運転手が、

「体に気をつけろよ」

と、微笑して言うと、トラックの方へ歩いていった。

幸司郎は、馬車を曳いて歩き出した。緊張がゆるんで、深い疲労が体にひろがった。

かれは、肺臓に欠陥でもあるように口に手をあてるとつづけて空咳をした。警官や運転手の視線を警戒したと言うよりは、自分に対して演技をしていることを意識していた。

それから半月ほどの間に、かれは警察関係者に二度も呼びとめられた。

一度目は、三井精機の仕事で赤羽に鉄板をひきとりに行った帰途、銀座の大通りで愛宕署の私服に停車を命じられた。夜もおそく疲れていたので、警官の姿が見えないことに安心して荷台に乗っていたのだ。

幸司郎はしきりに詫びて許しを得、しばらく行ってから人気のないのを見定めて再び荷台に乗った。が、かれの遠ざかる姿を物陰でうかがっていたらしく、刑事は都電に乗って追ってくると幸司郎に怒声を浴びせかけてきた。

刑事はかなり酔っていて、執拗だった。幸司郎は、頭をさげつづけた。

刑事は、今度法規にそむいたら厳罰に処すると幸司郎をにらみ据え、長い間馬車を見送っていた。

その翌日、幸司郎は田中熱機から旋盤を早稲田の町工場へ届ける途中、路上で警官に呼びとめられた。機械をどこからどこへ持ってゆくのだとたずねられた。

その折も、警官の問いに幸司郎が姓を告げると、

「モチヅキ？」

と、手帳に書きこむ鉛筆の動きをとめた。幸司郎が姓の文字を口にすると、警官はすぐに納得したが、あらためて本姓を使用していることは好ましくないと思った。

その夜、店にもどった幸司郎は、店をやめて東京をはなれようと思った。馬を曳いて町々を歩くことは余りにも危険が多く、思いきって内地をはなれ満州へ行くか、それとも千島か樺太へ行くか、いずれにしても日本内地から去ることが望ましかった。

しかし、内地をはなれるにしても、身分を確実に証明するものがなければならないはずだった。望月という姓を捨て偽名を使うにしても、それが本姓だと保証する物が欲しかった。

幸司郎は、同僚の馬車曳きである伊藤元治のことを思いついた。伊藤は店主の菊地と諍いをして、近くの運送店に勤めがえをしている。丁度年齢も同じで、かれの姓名を借用できれば好都合だと思った。

幸司郎は、その夜、伊藤の勤めている店を訪れた。そして、しばらく雑談している間に伊藤の本籍をきき出した。

翌日、幸司郎は伊藤の本籍地である長野県下水内《しもみのち》郡下水内村の役場に戸籍謄本を送付

してくれるよう依頼状を出した。そして、牛馬の管理者になっている林という男に、伊藤から依頼されたが、あなた宛に戸籍謄本が送られてくるから、私に渡して欲しいと頼んだ。

戸籍謄本が送られてきたのは十日ほど後で、幸司郎はそれを入手すると、予定通り萬力運送店の店主に勤めをやめたいと言った。

店主の菊地は、かれの突然の申し出でにうろたえて、しきりに引き留め、なにが不服でやめるのかとその原因をたずねた。幸司郎は、

「軍需工場で働きたい」

と答えると、菊地は運送の仕事も国家に奉仕することになると言った。が、幸司郎の辞意がゆるがぬことを知ると、不機嫌な表情で日割りの給与を渡してくれた。

幸司郎は、海軍の事業服をくるんだ風呂敷を手に店を出た。そして、駅近くのゴミ箱の傍で立ちどまると、あたりに人気のないのを見定めてから、事業服を風呂敷に包んだまま捨てた。

かれの気分は、いくらか落着いた。海軍時代のものをすべて体からはなしたし、ズボンのポケットには伊藤元治の戸籍謄本もある。もしもこのまま日本内地を脱出することができれば、素姓を見破られる危険も少いだろう。が、外地へ行くにはどうすればよい

のか、かれには見当もつかなかった。それに、都会は一種の沙漠に似ていて食糧は乏しく、食糧の配給通帳をもたぬ身では一食の食事すら口にすることもできない。

かれは、果しない砂のひろがる荒地にふみこむような思いで、とりあえず池上駅から私鉄に乗って蒲田駅へ出た。

かれの胸に、男の顔がうかんだ。男が初めて声をかけてきた上野駅に行けば、男に会えそうにも思えた。

幸司郎は、ためらわず電車に乗ると、上野駅で降りた。男に会いたいという願いが異常なほどたかまった。

かれは、フォームから階段を走り下りると列車改札口の前の広い構内に入った。血走った眼で人々の顔をさぐりながら駅前広場に出てみた。が、白っぽく乾いた広場にトラックの姿はなく、ゲートルを巻いた男やモンペ姿の女が物憂げに歩いているだけだった。

かれは、広場を歩きまわり、蒸し暑い地下道にも下りた。そして、再び駅の外に出ると煤けたガードをくぐり、石段をふんで公園にもあがってみた。

山田に会えない苛立ちと激しい思慕で、目頭が熱くなった。

かれは石段をおりると、駅の周辺をせわしない足どりで歩きまわった。ソフトをかぶった男を眼にして足を早め、男を追いこして、その顔をたしかめたりした。

男は、どこにもいなかった。独房の中で、かれは男の言葉や行為を反芻《はんすう》し、男が敵国の諜報組織のもとに動きまわっていた人物であることに気づいていた。が、幸司郎には、裏切られ利用されたという意識は皆無に近い。索漠とした軍隊生活を送る中で、男は自分に温情をかけてくれたただ一人の人間なのだ。

男に対する恨みは全くなかった。むしろ幸司郎は、脱走犯になるまでの経過が男の自分に対する好意の皮肉な結果であるにすぎず、男は不運な境遇に身を置いている自分を救うために、今でも必死に探し求めてくれているようにも思えた。

いい人だった、と胸の中でつぶやいた。生れついてから愛に恵まれぬかれは、男に会って肩を優しくたたいてもらいたかった。

幸司郎は、駅前の広場にたたずんで、うつろな視線を向けていた。男に会うことは無理だと知っていたが、昨年秋の夜と同じように突然男が声をかけてきそうにも思った。

やがてかれの足は、自然に動いた。あの夜トラックは広場の左隅に駐車していて、自分を乗せると都電通りに出て左方向に走った。かれは、その記憶をたどってトラックの向っていった道路に足を向けた。

都電通りに沿って古びた家並がつづき、かれは漢方薬店のウィンドウにうごめく縞蛇《しまへび》を見つめた。蛇は気力が失われているらしく、二叉の赤い舌をひらめかしていたが、その動きは鈍かった。

かれは、車坂の方へゆっくりとした足どりで歩いていった。そして、或る店の前を通りすぎた時、ガラス戸に立てかけられた看板の文字に眼をとめてたたずんだ。そこには、北方行き軍属募集という文字が墨で大きく書かれていた。

北方といえば、千島か樺太以外にない。それらの地に赴くことは、望んでいたことであるし、もしもその地で危険を感じれば越境してソ連領へも入れる。ただ軍属という文字が、かれの気持をひるませた。

かれは、店の前を通りすぎると足をとめた。日本の国内で少くとも五体満足な男は、軍属か徴用工として働かねばならない。馬車曳きは極く稀な例外で、それもいつかは徴用される身になっていただろう。むしろ身をかくすためには、すすんで大きな組織の中に埋れた方がいいのかも知れない。

ズボンのポケットには、伊藤元治の戸籍謄本がある。伊藤元治になりきって働けば、身分が発覚することもなさそうに思えた。

北方行きという言葉には魅力があった。東北生れのかれは、雪と氷につつまれた世界の中に身をひそませたかった。

かれは道を引返すと、思いきってノレンの垂れた店の中に入った。

二人の男の眼が、自分に向けられた。

「応募かね」

中年の男が、声をかけてきた。

はい、と幸司郎はうなずいた。

男は、愛想よく幸司郎に椅子をすすめると張りのある声で説明しはじめた。仕事は軍の基地の構築作業で、千島列島のカムチャッカ半島に近い松輪島に配属される。身分は軍属で、衣食住はすべて無料であり、支給される労賃も高収入だという。

「軍属だぜ、軍属なんだ」

男は、幸司郎の気をひくように何度も繰返した。そして、幸司郎の体格が良いことを賞め、

「やってみるかい」

と、言った。

幸司郎は、お願いしますと答えた。

男は、書類綴りを出すと姓名、年齢を問うた。幸司郎が返事をする代りに戸籍謄本をさし出すと、男は本籍地を長野県下水内郡下水内村大字下水内と書き、伊藤元治、二十歳と記した。

「よし、これで書類はととのった。アンちゃん、お国のためだ、頑張ってこいよ」

男は、笑いながら言った。

男は立ち上ると、

「じゃ、これから協会に連れて行くからついて来てくれ」

と言って、書類を手に店の外へ出た。そして、手拭で首筋の汗をふきながら車道を渡って、上車坂の家並の中に入っていった。

男が足をとめたのは木造二階建の家の前で、入口の柱には北海道労務福利協会という大きな木札がかかっていた。

男は、ドアを開けると、

「アンちゃん、二階だ」

と言って、階段をさし示した。

階段の上り口の土間には、地下足袋や汚れた草履などが乱雑に脱ぎ捨てられている。

幸司郎は、その片隅に歯のすりへった下駄をそろえて脱ぐと、男の指示通り階段を上った。

二階には、広い畳敷きの部屋があって十人ほどの男の姿がみえた。かれらは労務者らしい服装をしていて、柱に背をもたせて眼を閉じている男以外は、部屋の中央で花札に興じ、顔もあげなかった。

廊下に立ちすくんでいると、階段を上ってくる足音が背後でして、

「アンちゃんかい、竹田の店から来たのは」

という声がした。

振返ると、階段の途中に立った若い男が自分を見上げている。幸司郎には男の言葉の意味がわかりかねたが、応募手続きをしてくれた職業周旋所の店名のことを言っているのだということに気づいて、そうですと答えた。

男は笑顔をつくると、ゆっくり休んでいなと言って階段を下りて行った。

幸司郎は、部屋の隅に坐り、部屋の内部を見廻した。が、すぐに思いがけぬものを眼にして顔色を変えた。窓という窓には、獄房のように太い木の格子がはめこまれている。しかも、反対側の階段の下り口には、片腕に刺青《いれずみ》をした半裸の男が団扇《うちわ》を使っていた。

幸司郎には、竹田と言われている店に入った時から漠とした予感があった。アンちゃんという声のひびきも耳に不穏なものとして感じられ、店の男が採用手続きをしている時、他の番頭らしい男が、「タマが揃わなくて困ったなあ」とつぶやいているのも耳にした。軍属をタマと呼ぶ男たちの世界が尋常さを欠いたものであることを、幸司郎は朧《おぼろ》気《げ》ながら意識していたのだ。

窓にはめられた頑丈な格子が、すべてをあきらかにしていた。軍属であることは事実なのだろうが、実質的には囚人の群れのように移送され強制労働に服させられるのだろう。

行動を束縛されることは、避けたかった。発覚のおそれを感じた時、機に応じて巧みに身をかくす必要がある。そのためには、かたい枷《かせ》をはめられるような組織の中に身を置きたくはなかった。

かれは、立ち上ると階段に足をふみ出した。その気配に気づいたらしく、階段の最下段に腰を下ろしていた若い男が振向いた。

幸司郎は階段を下りると、池上本町の勤務していた運送店に忘れ物をしてきたので取りに行ってくる、と言った。

男は、なにを忘れたのだとおだやかな表情でたずねた。作業衣だと答えると、男はうなずいて、それならおれの方でとりに行ってやるから心配するなと言う。

幸司郎は、自分で行かぬとわからないと繰返したが、男の反応は薄い。その男の態度には幸司郎の意図を十分見ぬいているような落着きがあって、物柔かな言葉遣いが薄気味悪く思えた。

やむなく幸司郎は、階段をもどると畳の上に腰を落した。かれは、思いがけぬ世界に身を入れてしまったことを知った。

その日の夕方、応募したらしい二人の男が入ってきて、翌日には、五人の男が加わった。竹田の店をはじめ浅草や川崎の周旋所から廻されてきた者たちであった。

幸司郎たちは一歩も外へ出ることは許されず、夜には階段に二人の男が一睡もせず監視に当った。

そうした中に身を置いているのに、応募者たちの表情は意外にも平静だった。新たに階段を上ってきた者たちも、窓の格子を眼にしても別に驚いた風はなく、すぐに花札の環に近づいて眼をこらしたりする。夕食の折に出されるわずかな酒に、気分を浮き立たせて歌をうたう者すらいた。

男たちは、硫黄島の工事現場で働いたり九州の監獄部屋にいたりしたなどと言っていた。

幸司郎が馬車曳きをしていたことを口にすると、かれらは呆れたように苦笑した。

幸司郎は、かれらの態度から、何度か耳にしたことのあるタコ部屋に連れて行かれるのかも知れぬと思った。

部屋にとじこめられてから三日目の朝、監視人に伴なわれて写真屋が入ってきた。応募者が全員揃ったので写真撮影をし、それを警視庁に提出するのだという。

幸司郎は、男たちの後列に体を割りこませて、故意に顔をゆがめマグネシウムのフラッシュを浴びた。

応募者は総員二十一名で、若い監視人三名と髭を生やした中年の事務員に引率され出発することになった。

事務員は、応募者すべてが軍属として登録されているので、もしも逃亡したら憲兵隊に逮捕されると告げた。そして、福利協会を出ると、二列になって上野駅へ向った。

幸司郎は、駅の広場に近づくとせわしなく視線を走らせた。が、どこにも男の姿は眼にふれてこなかった。

事務員に引率されて、幸司郎たちは乗客の並ぶ改札口を優先的に通りぬけ、青森行きの列車に乗った。乗客は一人もいず、幸司郎たちは最後尾の客車に寄りかたまって席をとった。

やがてフォームを乗客たちが走ってきて、たちまち車内は満員になり、さらに窓から男や女が入りこんでくる。監視人は、それを防ぐため窓をおろし、開けてくれと窓を叩く者に拳を握りしめて睨み据えていた。

列車が動き出した。幸司郎は、悲哀感をおぼえた。東京をはなれれば、男とは二度と会えぬような気がして、線路沿いの燻《くす》んだ家並を見つめていた。

しかし、列車が進むにつれて霞ヶ浦航空隊から遠くはなれてゆくことに安らぎも感じていた。かれは、隊内での生活を思い起した。落下傘の傘体持出し、九七式艦上攻撃機の炎上、禁錮室への入室と脱走。それらが信じがたいことのようによみがえってきた。逃亡後、捕われずにすんでいることが不思議にも思えた。航空隊では徹底的な捜査をつづけただろうし、現在ではその探索が憲兵隊に依頼されているにちがいない。自分に科せられた罪状は、軍用機炎上と逃亡という重大なもので、十分に銃殺刑に価するものとして解されているはずだった。

北へ行ってソ連領に逃げこもう、と思った。ソ連という国名にはなにか無気味さが感じられるが、そこにはどのようなものでも呑みこみ隠蔽してしまう、厚くそして巨大な壁が囲繞《いにょう》されているような印象がある。

かれには、この狭い日本国内で素姓もあばかれず過せる自信はなかった。同じ軍属となった男たちも監視人も車内に充満する乗客たちも、自分を処刑台に送る者たちばかりなのだ。それに比べて、ソ連領内には自分一人ぐらいは受け入れてくれる余地がありそうだった。殺されずにすめば、たとえ一生異国で暮してもよいとかれは思った。

日が傾き、夜がやってきた。

東北地方を北上しているというのに、暑さはやわらぐ気配もない。窓から前方をうかがってみると、弧状のレール上を火の粉のまじった黒煙を吐きながら機関車が身をかしげて進んでいるのがみえた。

青森についたのは、正午すぎであった。

終着駅であるのに乗客たちはあわただしく列車から降りると、フォームの前方に走ってゆく。海を渡って北海道へ行く者たちが多いのだ。

同行の男たちの顔には機関車の吐き出す煤がついていて、夜行列車にゆられてきた疲労が濃くにじみ出ていた。そして、事務員に引率され監視人にかこまれながら、長いフォームを歩いて行った。

潮の匂いがして、架橋の上から船の太い煙突がみえた。待合所には人々がひしめき、争うように乗船票に名を書いたりしている。事務員は、人の群れを押し分けるようにして進み、書類をみせて改札口を通りぬけた。

幸司郎は、岸壁に繋留されている船に書き記された松前丸という文字を見つめながら、内地をはなれられることに安堵を感じた。しかし、幸司郎たちは、そのまま乗船することはできなかった。事務員が足をとめると、岸壁のふちに二列横隊で並ぶように指示したのだ。

幸司郎たちは、長い間待たされた。

「なぜ乗らねえんだね」

一人の男が、黒い鞄をもつ事務員に苛立った声をかけた。

事務員は、青森の憲兵隊に連絡してあるので顔写真との照合がおこなわれるのだと答えた。

幸司郎は、冷たいものが四肢をつらぬくのを意識した。自分に対する捜索は霞ヶ浦航空隊から憲兵隊に委託されて、写真その他の特徴をしめした手配書が広範囲に配布されているはずであった。眼鏡をかけてはいるが、手配写真と照合されれば必ず見破られてしまうにちがいなかった。

かれは、あたりにうろたえた視線を走らせた。待合所には立錐の余地もないほど乗船を待つ者たちが詰めかけていて、たとえ憲兵の手をふりはらっても、その中を押し分けて逃げることはできそうになかった。かれは、背後の海面に眼を向けた。もしも憲兵に気づかれてしまったら海にとびこみ、そのまま海底に身を沈めようと思った。

ふとかれは、自分以外にも憲兵のくるのを恐れている者がいることに気づいた。それは隣に立っている二十五、六歳の男で、後ろ手で紙片をこまかくちぎると海面に撒き散らしたのだ。

長く待たされていることに苛立った事務員が、改札口脇の事務所のような所に入って

いったが、やがて足早にもどってくると、

「憲兵隊では忙しいから来ぬそうだ。乗船許可が出た」

と、言った。

幸司郎は、乾いた唇をなめて息をつき、事務員の後から船に近づいて行った。

客室は、船の最下部にあった。幸司郎たちは、一個所に寄りかたまって薄べりの上に坐った。動悸は、まだ鎮まらなかった。客室は蒸暑く、かれは気分が悪くなって薄べりに身を横たえた。

一般の乗客が部屋の中にあわただしく入ってきて、船内にざわめきが満ちた。機関の始動するひびきが起ると、やがてドラが鳴って船は動き出した。

事務員は小まめに動いて、ボーイに大豆入りの麦飯と干物を添えた昼食を持ってこさせた。幸司郎は、ボーイの後からついてきた中年の男が客室の中を見廻しているのに気づいた。

「移動警察だ」

傍に坐っていた男が、低い声でつぶやいた。そして、男から顔をそらすようにして、以前に北海道へ渡る時もその私服が乗船していたと言った。

幸司郎は、午食をとりながらひそかに男が階段を上ってゆく後ろ姿をうかがった。同僚が口にしたように、その男の腰の後ろには手錠がベルトから垂れていた。

四時間後に、船は函館港に入った。

幸司郎は、移動警察の私服の眼をおそれた。乗船時には難をのがれたが、下船時にも身分の確認がおこなわれるのではないかと想像した。

かれは、同僚の後について船を下り、函館駅の架橋に上った。そして、函館本線の列車のフォームに通じる狭い通路を歩きはじめた時、かれは自分のいだいていた危惧が不運にも的中したことを知った。

道路の前方に、顎紐をかけ憲兵の腕章をつけた軍装の男たちが、十名ほど両側に並んで立っている。引返したいという衝動が、かれの体を熱くした。かれらが、自分を捕えるために待っているようにも臆測された。

同僚たちは、監視人とともに歩いてゆく。幸司郎は、故意に顔をゆがませてかれらの後からついて行った。

憲兵たちの眼が、一斉に自分たちに注がれている。幸司郎の頭は、自然に垂れた。

「待て」

という鋭い声に、幸司郎は一瞬走り出しそうになった自分を抑えつけた。

声をかけたのは軍曹の襟章をつけた憲兵で、他の憲兵たちも幸司郎たちに歩み寄ってきた。

「きさまらは、なんだ」

軍曹が、幸司郎たちの姿を見まわした。

幸司郎たちは、履物も下駄、草履、地下足袋などまちまちで、手に風呂敷包みをもっている者もあれば手ぶらの者もいる。憲兵軍曹は、異様な姿をした男の群れに不審感をいだいたのだ。

事務員は、下船時になにかの手続きでもあるらしく姿をみせず、三人の監視人が卑屈な態度でしきりに頭をさげながら、軍属として任地に赴く途中だと弁明した。が、憲兵の鋭い凝視にあって、監視人の顔は青ざめ声もふるえている。

憲兵たちは一層疑惑を深めたらしく、列の前部から一人一人顔を見据えながら持物の検査をはじめた。

幸司郎の、意識はかすんだ。もしも憲兵の詰問を受ければ、口も思うようにはきけず失神しそうな予感がした。

その時、後方からあわただしい靴音がして、黒い鞄をかかえた事務員が走ってきた。そして、憲兵軍曹の質問を受けると、鞄の中から書類をとり出して軍曹にさし出した。

書類に眼を落した軍曹は、顔をあげると二列にならんだ幸司郎たちに視線を据え、

「二十一名だな」

と言って、書類を事務員に返した。

事務員が、通ってもよいでしょうかと腰をかがめると、軍曹はうなずいた。

幸司郎は、ふるえる足で同僚の後から歩き出した。両側から注がれる憲兵たちの視線を全身で堪えていた。

その日は、函館で一泊することになっていた。

駅の構内から外へ出た幸司郎は、単独で北海道へ渡ることはできなかったにちがいないと思った。津軽海峡は一種の関所にも似た性格をもったもので、軍属の組織にまぎれこんでいなければ通過することは不可能だったことに気づいた。

かれは、北方行きの軍属に応募したことを幸いだったと思ったが、角田屋という旅館に入った時、軍属としての生活が予想していた通り尋常なものではないのをさとった。通された大部屋の窓という窓には鉄格子がはめられ、監視人が入口に坐りこんでいる。食事を運んでくる女中も口数が少く、飯櫃《めしびつ》を置くと匆々に去っていった。

しかし、部屋に収容された者は、そうした雰囲気にも気遣う風はなく、夜になると花札を打ちはじめた。そして、それに加わった監視人が札配りに工作をしたという理由で、荒々しい口論さえ起った。

幸司郎は、部屋の隅のふとんに身を横たえていた。隣には、青森港の岸壁で紙片を破り捨てた男が毛布をかぶっている。その男は労働に従事したこともないようなひ弱な体をしていて、細面の顔も青白い。もしかするとその男も、なにか素姓をかくして軍属に身を投じた男なのかも知れなかった。

口論はやんで、再び花札を打つ音がしてきた。

かれは、天井の電球に小さな蜻蛉《とんぼ》が翅をぶつけて舞っているのを見上げていた。

翌日、宿を出た幸司郎たちは駅へ向った。事務員は旅館の者となじみが深いらしく、三人の女中が駅まで送ってきた。男たちは女中たちに軽口をたたいたりしていたが、後尾を歩く幸司郎に若い女中が近づいてきた。

女は前方に顔を向けながら肩を並べると、

「あんた、なぜこんな所に来たの。殺されるよ。逃げる気なら逃がしてやる」

と、低い声で言った。

幸司郎は、思わず女の横顔を見つめた。女は、内地から送られてくる軍属がどのような生活を強いられるのか知悉《ちしつ》しているのだろう。気丈な女は、最年少の自分を哀れに思っているらしい。

かれは、女の顔から視線をはなした。上野駅近くの福利協会でも函館の旅館でも、窓には格子がはめられ監視人が外へ出ることを禁じている。それは、幸司郎たちを特殊な世界へ連れこむための処置にちがいなかった。

しかし、かれはのがれることが不利だということに気づいていた。自分の身は正式に軍属として登録され、逃亡すれば憲兵に追われることになる。地理に不案内な北海道で、かれらの追及をまぬがれる自信はなかった。むしろ、どのような生活が待っているのかわからぬが、この異様な男たちの構成する組織の中に身をひそませて、ゆける所まで行ってみようと思った。

「ありがとう」

かれは、女に低い声で言った。そして、駅の改札口を抜けると、振返ることもせず事務員の指示する列車に身を入れた。

列車は、北上した。さすがに空気は涼気をおびていて乾燥し、窓外には広大な草原とその中に点在する洋風の農家がみえた。

長い列車の旅だった。かれは、朱色の太陽が鮮やかな輪郭をみせて低い丘陵の背に没してゆくのも見た。

翌日の正午すぎに、幸司郎たちは列車からおろされた。駅標には、帯広と書き記されていた。

かれらは、駅を出た。

駅前に一台の軍用トラックが駐車していて、事務員がその傍に立つ五十年輩の男に近づき、鞄から出した書類を男に渡してなにか話し合っている。そして、打合わせも終ったのか、監視人三人を連れて駅の構内に引返して行った。

男が他の若い二人の男をつれて近寄ってくると、トラックに乗れと言った。幸司郎たちは、かれらに取り囲まれるようにトラックの荷台へ乗った。

「畜生、千島じゃなくて帯広か」

トラックが走り出すと、仲間の一人が腹立たしそうに言った。

幸司郎は、呆気にとられた。上野駅近くの周旋所では、赴任先は千島列島の松輪島だと言ったが、事務員たちは、幸司郎たちを帯広におろすと姿を消してしまった。おそらくかれらは、初めから幸司郎たちを帯広に送りこむ意図をいだいて誘導してきたのだろう。

仲間の者たちは、千島の方が給与も待遇もよいはずだとしきりに愚痴っている。かれらが厳しい監視も不快がらず終始屈託のない態度をとりつづけてきたのは、赴任先が松輪島だということに期待をいだいていたためだったのだろう。やられた、一杯食った、とかれらはトラックの震動に身をゆらせながら口々に言い合っていた。そして、トラックが進むにつれて、送りこまれる職場に対する不安がたかまるのか、いつの間にか口数も少くなっていた。

前方に、赤土をむき出しにした広大な工事現場がみえてきた。土を盛ったトロッコが遠くに点々と動いていて、所々に飯場が立っている。西日がひろがっていて、飯場の煙突からは炊煙らしい淡い煙が流れ出ていた。

トラックが土埃をまきあげて、トタン屋根の飯場に近づき停止した。

助手台から降り立った男が、下りろと言って、飯場の入口を指さした。

幸司郎は、仲間たちの後から建物の中に入った。中央に土の露出した通路があって、両側に蓆《むしろ》を敷いた床がある。左手に便所、奥に大きな竈《かまど》の並んだ炊事場が附属し、窓には太い木の格子が打ちつけられていた。

幸司郎たちは、下駄や草履を脱いで床に上り、自然と一個所に寄りかたまって腰を下ろした。

かれは、仲間たちの異様な気配に気づいた。かれらの眼には不逞な光は跡形もなく消えて、別人のように臆しきった色がうかんでいる。顔は青ざめ、口をかたく閉じて身じろぎもしない。

「まずいや、うまくねえや」

傍に坐る中年の男が、低い声でつぶやいた。長い間飯場を転々としてきた男たちは、動物的な嗅覚で、飯場の空気から不穏なものをかぎとっておびえているのだ。

窓の外が暗くなって、むき出しになった梁から吊り下げられている電灯がともった。かれらは、黙ったまま坐りつづけていた。

やがて、幸司郎は、男たちの予測があやまっていなかったことを知った。不意に入口の扉が荒々しくひらかれると、半裸になった四十歳ぐらいの男が、数人の木刀を手にした男とともに姿をあらわした。

「整列しろ」

飯場の奥にいた若い男が、走り寄りながら叫んだ。

仲間たちは、あわてて立ち上ると通路に駈け下りて並んだ。

半裸の男が、土間から床に上った。

幸司郎は、男の皮膚を彩る刺青に眼を据えた。露出した肌一面に、竜が鋭い歯牙をむき出しにして口から赤黒い炎を吐き出している。手首には腕時計を模した刺青まで彫られていた。

「おれは、この飯場の管理者の清水だ。この北海道大島組は地獄だ。おれたちは、生きている人夫を鉄道工事の堤防に埋めてきた。しかし、今は御時世がちがう。やたらに殺しはしないが、違反した野郎は半殺しにする。明日から、現場を張ってもらう」

男の声は、変声期以前の少年のように甲高くかすれていたが、それだけに無気味だった。小さな瞳が、骨ばった顔の中で死者のそれのように動かない。函館の宿の女中が口にした、殺されるという言葉が幸司郎の頭の中をかすめ過ぎた。

世話役と名乗った中年の男が、書類を手に一人一人氏名と年齢を言わせて顔写真とつき合わせている。幸司郎は、前に立った男に伊藤元治、二十歳と答えた。

清水は、床の上を行ったり来たりしている。後ろ向きになったその背には、清水仙吉の墓と書かれた墓標が彫られていた。

点呼が終ると、男たちは清水をとりかこむようにして酒を飲みはじめ、幸司郎たちには木製の弁当箱が配られた。ふたをあけると、大豆のまじった米飯にミガキ鰊《にしん》の味噌煮にしたものが添えられていた。仲間たちは、臆しきった表情で黙々と箸を動かしていた。

翌日、幸司郎たちは朝五時半に木刀をもった世話役にたたき起され、工事現場に連れてゆかれた。

現場では、勤労奉仕隊という幟《のぼり》を立てた五十名ほどの半裸の男たちが、丘陵をスコップで切り崩していた。幸司郎たちに課せられた作業は、その赤土をトロッコに積んで四〇〇メートルほどはなれた窪地に運ぶことであった。

幸司郎たちは、二人一組になって大きなトロッコを押した。レールは起伏した土の上に敷かれているので、登りになっている個所も多く、その部分にくると肩をあててトロッコを押し上げなければならなかった。

休憩時間はなく、午食時に三十分間作業が中断されただけであった。

午後になると、トロッコの動きは鈍くなった。レールの所々に立つ世話役の怒声が起るようになって、トロッコを押す力もなく膝を屈した者には、木刀やスコップが叩きつけられた。

作業が終ったのは、日没後だった。

幸司郎たちは、飯場にもどると蓆敷きの床に倒れた。関節がはずれてしまったように、体の感覚は失われていた。わずかに肺臓だけが生きていて、荒い呼吸が胸壁を上下させているのが感じられるだけだった。

幸司郎には、初めて味わう激しい疲労感だった。航空隊では、駈足、釣床訓練など激烈な訓練にも堪えてきたが、そこには強靱な肉体と精神力を培うという目的が課せられ、時間的にも一定の限界があった。

しかし、現場での作業は、炎熱の中でただ土塊をすくいトロッコを押してゆくことの絶え間ない反復で、それを続行させたのは世話役たちのふるう木刀やスコップに対する恐怖であった。精神棒で叩かれることになれたかれにも、今まで身に浴びたことのないスコップが殊に恐しい懲罰具に思えた。

「飯だ、食え」

世話役の声に、幸司郎たちは半身を起した。すでに清水は、墓標の刺青の彫られた背を見せて世話役たちと酒を飲みはじめていた。

幸司郎たちは、木の弁当箱のまわりに這い寄った。一日の作業だけで、かれらの顔は判別も困難なほど変貌している。かれらは、無言で箸を動かしていた。

食事が終ると、世話役の一人が席を立ってきて、移動証明を持っている者は提出しろと言ったが、仲間たちの中で持っている者は一人もいなかった。

世話役は、それを予想していたらしく、

「仕方のねえ奴らだな。体は人間の形をしていても、虫けら同然じゃねえか」

と言って笑った。そして、軍で移動証明を作成してもらうように頼んでやるから、軍属になる前にいた場所を書き出せと言って、藁半紙を投げてよこした。

幸司郎は、内地から行を共にしてきた男たちが正常な過去をもった者たちではないことをあらためて知った。かれらは、自分ほどではないだろうが、なにかいまわしい過失や罪を犯して、軍属の群れに身を投じたにちがいない。戦時下で移動証明も所持していないことは、身分を公にできぬ事情がかれらにひそんでいることを意味している。

幸司郎たちを雇い入れた大島組でも、そのようなことは十分に察知しているのだろう。組が求めているのは労働力で、その過去がどのようなものであろうと関知する必要はない。さらに軍も飛行場建設の進行のみを考え、移動証明書も持たぬ男の群れを黙視しようとしているにちがいない。

そうした組の幹部や軍の自分たちに対する態度は、むろん幸司郎にとって歓迎すべきことであった。労働は過重だが、男たちとこの組織内に身をひそませていれば、銃殺刑に処せられることからはまぬがれられそうにも思えた。

夜は、二人の世話役が不寝番に立った。

幸司郎は、窓にはめられた太い格子に眼を向けながら、禁錮室での生活を思い起した。この飯場も一種の牢獄だが、正坐を課せられることもなく手首に手錠をはめられることもない。それに、事件糺明の進展や銃殺刑に対する恐怖から一応解放されたことだけでも、ここでの生活の方が恵まれていると思った。

周囲には、鞴《ふいご》のような仲間たちの荒い寝息が起っている。幸司郎は、手足を毛布の中で思いきり伸ばして眼を閉じた。

しかし、それから十日ほど経った暑い日に、かれは作業現場での生活も決して安穏なものではないことを知らされた。

午前の作業が終って午食の弁当箱が配られた時、飯場の方向から二人の憲兵を乗せたサイドカーが近づいてきた。

幸司郎は、自分の素姓が発覚したと直感した。前夜、身分証明書を作成するという世話役に、東京の池上本町にある萬力運送店に勤務していたことを書き記して手渡したが、もしかすると萬力運送店に捜索が及んでいたのかも知れない。それは手配書にも書き加えられ、組からの提出書類を眼にした帯広の憲兵隊員が逮捕にやってきたにちがいないと思った。

幸司郎は、草の上に置いた眼鏡をあわてて掛け直した。

サイドカーがとまると、世話役たちが集ってきて、伍長と上等兵の襟章をつけた二人の憲兵に頭をさげた。

憲兵たちの顔には、おだやかな表情がうかんでいた。そして、世話役たちの挨拶に軽くこたえながら食事をはじめた仲間の一人に近づいて、弁当の中をのぞきこんだ。

憲兵伍長の表情がさらにゆるみ、

「こんなでかい弁当を食っているのなら、仕事も張切ってやれるな」

と、幸司郎たちを見廻しながら満足したように言った。

近くに立っていた世話役の一人が、食事には量質ともにできるだけのことをしていると、媚びるように言った。

憲兵は、しきりにうなずいていたが、すぐにサイドカーに乗ると他の工事現場の方へ去って行った。

幸司郎は、食物を咀嚼しながら、サイドカーが土埃をあげて遠ざかるのを見送った。憲兵は、飛行場建設の労務者たちの食事を調べにきただけで、自分には直接の関係はない。が、大島組の背後には軍が控え、その監督下におかれている自分のここでの生活も決して平穏なものではないと思った。

その日の午後、二頭のセパードが現場に連れてこられた。世話役たちは、それらの犬が現場を逃げ出した人夫の腿や腕の肉を食いちぎって不具にさせた経歴があると、幸司郎たちを威嚇するように言った。たしかに犬は毛の艶もよく大柄で、監視に慣れているらしく絶えず幸司郎たちに眼を向けつづけていた。

その夜、鍋田という男が飯場から逃走した。かれは、監視に当っていた世話役が厠に立ったすきに、扉をあけて闇に姿を没したのだ。

荒々しい世話役の声に幸司郎たちは目をさまし、世話役たちが懐中電灯や木刀を手に飯場の外へ出て行くのを見守った。かれらはセパードも連れて行くらしく、飯場の外で太い犬の吠え声が起った。

飯場には管理者の清水と一人の世話役が残り、向い合って酒を飲みはじめた。

幸司郎は再び横になったが、航空隊から脱走した夜のことを自然に思い出していた。鍋田という男は小柄で、トロッコを押す体力もないらしく、しばしば木刀やスコップで殴りつけられていた。かれは、その苦痛からのがれるため脱出したのだろうが、地理にも不案内なかれがうまく逃げおおせる確率は薄いにちがいない。

幸司郎は、鍋田が脱出に成功することをねがった。それは、鍋田自身だけの問題ではなく、自分にも密接に係わり合いをもつことでもあった。もしも、この飯場で生活をしている間に、自分の過去が露顕し逮捕される危険が迫った折には逃亡しなければならない。それに、自分の最も願っていた地は千島か樺太で、その地に赴くためにも、いつかはこの飯場を去る必要がある。いずれにしても鍋田の脱出が成功するか否かは、将来に十分予測される自分の行動の成否を推し測る上で重要な要素になるものであった。

しかし、かれの期待は無に帰した。

夜明け近くに遠くで犬の吠え声がきこえると、それが人声とともに近づいてきた。そして、扉が勢いよく開かれると、通路に男が突き倒された。

鍋田は腕を咬まれたらしく、作業服の袖が裂けて血が流れ出ている。二頭の犬は、血に興奮しているのか、飯場の外で互いに競い合うように吠えていた。

やがてはじめられた制裁は、特殊な儀式に似たものであった。管理者の清水の前に引き据えられた鍋田の衣服は、すべて剝ぎとられた。そして、世話役が一人ずつ木刀やスコップをふり上げると、それをすさまじい勢いで体に打ち下ろす。鍋田は、悲鳴をあげて哀願し、手を合わせる。血があたりに飛び散り、またたく間に鍋田の体は、殺され皮をはがれた動物のように艶やかな朱色に染まった。

清水の指示で、次には血の流れる裸身に革バンドが叩きつけられた。鍋田の体は、すでに動かない。革バンドが血をはねさせて体に叩きつけられる瞬間、かすかな呻き声がその口から洩れるだけだった。

「酒にしろ」

清水の言葉に制裁は終了し、世話役たちは鍋田の傍からはなれると、床にあがって茶碗に酒を注いだ。

かれらは茶碗を傾けながら、通路の上の土にころがっている鍋田の体を笑みをふくんだ眼でながめていた。

幸司郎は、口中の激しい渇きを意識した。隊内での制裁もすさまじいが、終始無言のうちにおこなわれた世話役たちの鍋田に対する行為には、無気味な殺気が感じられる。

それは、制裁という域を越えた容赦ない行為であった。

その日の作業は、いつもと同じ時刻にはじめられた。仲間の者たちは、言葉を発することもなく土をすくい、トロッコを押した。

鍋田は、飯場の中で裸身のまま放置されていた。傷口にはなにか種類もわからぬ葉がはりつけられ、その葉からにじみ出る液がしみるのか、かれの口からは時折り長々と尾を引くような呻き声がもれていた。幸司郎は鍋田がそのまま死亡するのではないかと思ったが、かれは、細々と生きつづけた。そして、五日目には体を無理に起されて井戸端に連れてゆかれると、何杯も水を浴びせかけられた。

そうした荒療治が効を奏したのか、鍋田は体罰を受けてから十日後には歩行もできるようになり、炊事場の水汲みなどを手伝うまでに恢復した。が、かれの態度にはいちじるしい変化が起っていて、世話役と眼が合う度に卑屈な表情で頭を下げる。幸司郎たちに向ける眼にも、臆しきった光が落着きなく浮んでいた。

鍋田の経歴が、いつの間にかあきらかになった。かれは、京都の大きな質屋の番頭をしていたが、店の金を使い込んで逃げた。軍属に応募したのは、警察の追及からのがれるためだったのだ。

幸司郎は、仲間の者たちがそれぞれに暗い過去をもつ者ばかりらしいことを察していたが、清水をはじめ世話役たちもそれぞれに異常な経歴を持っていることも知った。六十歳近い世話役は鍬《くわ》で馬喰《ばくろう》を殺害して投獄され、刑期を終えて出所したばかりの男だった。他の者たちも、例外なく刑務所生活を味わった者たちばかりで、それ以外にも飯場という特殊な領域内で殺傷に類した行為を数多くおかしていることは容易に想像できた。

かれらは、戦時下という環境を一種の恩恵に似たものとして考えている節があった。国家の要請にこたえるという大義名分のもとに、人夫を軍属という枠の中にはめこんで安価に酷使している。

かれらの口からは、「お国のために」という言葉が頻繁に吐かれる。労働の手を休める人夫は国家に対する忠誠心の欠けた人間であり、さらに飯場から逃亡する者は軍属としての義務を放棄した人間として処理される。それらの人夫に、かれらは国家に代って体罰を科すのだ。

陽光はまばゆかったが、空気には涼気がふくまれ、九月も中旬を過ぎると、夜間の冷えが増して新たに毛布が一枚全員に補給された。

戦況はさらに悪化しているらしく、グアム、テニアン両島の守備隊の玉砕も世話役から知らされた。アメリカ軍は、急速に太平洋上の諸島を手中におさめて日本本土に接近してきている。本土決戦という言葉もきかれるようになり、北方の守備を強化するという目的で、帯広附近にも内地からの戦車部隊が到着したという話も耳にした。

幸司郎たちの従事する飛行場建設工事も、そのような戦備の要請にこたえるためのものであることは確実で、幸司郎は、自分の周囲に軍の組織が拡大しその密度が濃くなってきているのを感じていた。

鍋田も作業に復して、苛酷な労働がつづけられた。雨の日でも作業は休むこともなくおこなわれ、泥濘におおわれた現場で、幸司郎たちは雨にうたれながらトロッコを押した。

或る朝、一人の男が目をさまさなかった。それは、津軽海峡を渡る直前に青森港の岸壁で紙片をちぎって海に捨てた村上という男だった。

世話役がその体を蹴ったが、村上は鼾《いびき》をかいたまま起きる気配もない。

管理者の清水がやってきて、

「焼きを入れてみろ」

と、言った。

世話役の一人が、村上の頬に平手打ちを食わせたが、村上の眼は開かない。

苛立った清水が、煙草に火をつけると頬に押しつけた。その瞬間村上の頬がわずかに動いたが、眼は閉じられたままだった。

清水は、さらに首筋や手に火をつけたが反応はほとんどなく、かれの顔に訝《いぶか》しそうな表情が浮んだ。

眠り病らしい、とかれは言った。北海道北部の飯場では、伐採作業をしていた人夫のうち十名近い者が眠り病で死亡したという。

そのまま放置することもできないと判断した清水は、村上を病院へ運ぶよう指示した。そして、幸司郎が村上を背負って世話役の監視のもとに帯広へむかうことになった。

幸司郎は、村上を背負い川西村の獣医学校に通じている電車の駅まで歩き、そこから電車に乗って帯広に行った。

帯広の駅にも町の中にも、陸軍の将兵たちの姿が数多く眼にとまった。小型戦車もキャタピラの音をさせて傍を通り過ぎ、幸司郎は自分の周囲がいつの間にか軍の組織にかたく包みこまれているのを知った。

幸司郎は、眠りつづける村上を病院に運び、再び世話役とともに飯場にもどった。

それから三日後、作業を終えて飯場に引返す途中、幸司郎は叫び声をあげて倒れた。暗い路上におかれた板釘をふんでしまったのだ。

釘は、左足の裏から甲まで突き抜けていた。すぐに仲間の手で釘が引きぬかれ、腕を支えられて飯場に運びこまれた。

幸司郎は、足を傷つけたことに動揺していた。航空隊から脱走できたのは、正坐をつづけていたため変調を来していたはずの足が、思いがけない動きをしめしてくれたからだった。今後もこの飯場を逃れる折には、足に頼らねばならない。その足に、古びた長い釘が突き刺さったことは、かれにとって重大な障害になる。

薬液を塗ってもらいたかったが、飯場には備えつけられていなかった。その代りに清水の指示で胡麻油が鍋で煮られた。

幸司郎には、その油の使用法が理解できなかったが、やがて煮えたぎった油が傷口に流しこまれることに気づいて狼狽した。

「釘をふみ抜いた時には、これに限るんだ。監獄部屋の治療法だ」

と、世話役は言って、仲間たちに幸司郎の体を押えつけるように命じた。

幸司郎は恐怖にかられてはね起きたが、男たちの体が折り重なってきて身動きできなくなった。

煮えた油の匂いがしたと思った直後、かれの口から激しい叫び声がふき出た。左足が切断されたような激烈な痛みにつづいて、肉の焼け焦げる濃厚な匂いがあたりにたちこめた。

かれの叫び声は、長々とつづいた。失神しないことが不思議であった。

その夜、かれは高熱を発した。意識が失われかけたが、熱にうなされて過去のことを口走ることを恐れた。

かれは、意識がかすみかける度に、仲間に頼んで頭から何度も水を注いでもらった。

翌日、かれの左足はさらに熱を帯び、午後になると膨脹しはじめた。胡麻油を注ぐ治療法は効果がなく、傷口の化膿が進んでいることはあきらかだった。夜になると足の甲の腫れは、足首から脛にまでひろがり、太腿の付け根の淋巴腺《りんぱせん》が異常に痼《しこ》ってきた。

かれは、眠ることもできず呻吟しつづけた。

夜が明けると、管理者の清水が、薄ら笑いしながら世話役の一人に病院へ連れて行けと言った。

世話役は舌打ちして、幸司郎に杖を渡すと飯場の外に出た。立ち上ると血液が左足に凝集して、血管が波打った。幸司郎は、顔をしかめながら駅まで歩いて行った。

その日、病院につくと左足の甲がメスで切開され膿《うみ》が排出された。薬が塗付され、氷で左足が冷やされた。

痛みが薄らぎ、その夜は病院のベッドで熟睡できた。翌朝には、足の腫れもひいた。付添ってきた世話役は、そのままベッドの傍に泊りこんで監視していたが、夕方には幸司郎を起すと飯場へもどった。

翌日から、幸司郎は世話役に付添われて帯広の病院へ通うようになり、同じ病院で治療を受けている村上にも会った。かれも、世話役の一人が監視に当っていて、幸司郎が近づくとなつかしそうな表情をして笑った。

雑談しながら村上は、しきりに世話役の方に視線を走らせていたが、不意に声を低めると、

「おれは、眠り病なんかじゃなかったのだ。実は、カルモチンをのんで、空袋を便所に捨てたんだ。病院にかつぎこまれて、その間に逃げ出そうとしたが、世話役がつききりで思ったようにはならない」

と、口早に言った。そして、幸司郎の顔に光った眼を向けると、おれは徴用からのがれた身であの飯場にこれ以上いると発覚するおそれがある、とつけ加えた。

世話役が近づいてきたので、村上は話題を変えたが、また見舞いに来てくれとベッドの傍をはなれる幸司郎に声をかけた。

幸司郎は、村上の告白を全面的には信じる気になれなかった。憲兵の訊問を恐れていた村上が、ただ徴用をのがれただけの男とは思えない。軍属の身として飯場に入り、しかもそこからの脱出をねがってカルモチンを服用したことから考えると、少くとも軍か

ら逃亡した程度の経歴があるように思えた。

しかし、幸司郎にとって、そのような詮索は意味のないことであった。かれは、ただ村上が飯場を逃れ出たいと願っていることを知っただけで十分だったのだ。

幸司郎は、その日も多くの兵たちの姿を飯場へ帰る途中で眼にした。川西村の作業現場に来てから、すでに三カ月近くが経過している。同じ場所に長くとどまることは危険も多く、村上の意図を耳にしただけに、飯場を脱出したい気持がたかまった。

翌日、病院に行くと、村上は、

「二人とも体が恢復して飯場へもどることができたら、一緒に逃げよう」

と言った。

幸司郎は、無言でうなずいた。

足の傷はいちじるしく快方にむかい、通院してから六日目には治療も中止されて作業に出るようになった。そして、村上も同じ日に病院から帰ってきた。

幸司郎は、村上とひそかに言葉を交すようになった。霞ヶ浦航空隊を脱走以来、初めて気持の許せる人間を得たことが、かれには嬉しかった。村上は、決して幸司郎に過去のことをたずねようとしない。むろん村上も、幸司郎が異常な経歴をもっていることを察しているにちがいなかったが、それについて一切ふれようとしない村上の態度に好感がもてた。

「おれは、千島に行きたい」

村上は、何度も言った。その点については幸司郎の希望と一致していたが、幸司郎は越境してソ連領へ行きたいということについては口にしなかった。

どこで入手した知識なのか、村上は、釧路に行くと千島行きの人夫を募っているとも言った。そして、飯場を脱出できたら釧路へ赴くことに意見がまとまった。

二人は、ひそかに逃走に必要な知識を蓄えていった。

幸いにも飯場の窓にはめられていた太い格子は、軍からの注意があったのか撤去されていた。が、戸という戸には五寸釘が打ちこまれていて開かず、わずかに炊事場の窓だけが換気のため開けることが可能だった。

不寝番は二名の世話役が当り、ストーブの傍で坐ったり身を横たえたりしている。それもよく注意してみていると、眠っていることの方が多かった。

幸司郎は、村上と機会がやってくるのを待った。不思議にも幸司郎には、航空隊の禁錮室からの脱走前の緊張感のようなものはなかった。それも考えてみれば当然のことで、禁錮室からの脱出に失敗した折には銃殺刑が科せられるが、飯場の場合には殺されることもなさそうだった。裸体にされて、木刀やスコップを浴びればすむことなのだ。

或る日、作業は午後になって中止された。晩秋には珍しい豪雨が降り出し、トロッコのレールも泥水におおわれて作業の続行は不可能になった。

清水と世話役たちは、酒を飲みながら花札を打ち、幸司郎の仲間たちもすりきれた花札を世話役から借りて部屋の隅にむらがっていた。

飯場のトタン屋根には激しい雨がたたきつけられ、滝壺の底にいるように会話もききとれない。村上は、幸司郎に近寄って坐ると、

「今夜だな」

と、言った。

夜になると雨に風も加わって、煙突から逆流した空気が炎と煙をストーブから断続的に噴き出させた。飯場の内部は、煙がこもって電灯も淡くかすんだ。

消灯時刻になって、便所の豆電球を残して飯場の内部は暗くなった。幸司郎は村上とふとんを並べて横になったが、衣服は着たままであった。

時折りストーブからは、炎が音をあげて噴出する。かれは、その度に闇の天井が赤々と明らむのを見つめていた。

かれは、ストーブの傍に坐る二人の世話役の方をうかがいつづけた。世話役たちは、膝をかかえてストーブの炎にうつろな眼を向けていた。

かすかに肩をゆすられ眼をあけた幸司郎は、自分がいつの間にかまどろんでいたことに気づいた。村上の眼が、淡い暗闇の中に光っている。ストーブの方に眼を向けると、二人の世話役はいつの間にか毛布にくるまって身を横たえていた。

雨の勢いは衰える気配もなく、飯場は激しい雨音に包まれている。

村上が身を動かして後方に這いはじめ、幸司郎もそれにならった。

幸司郎は、村上に逃亡の経験があるのではないかと思った。その動きには、注意深さと妙な平静さがかぎとれる。幸司郎は、這ってゆく村上の姿に動物的な機敏さを感じとっていた。

炊事場の床に這い下りた村上は、しばらくストーブの方をうかがっていた。また炎が噴出して、天井が明るんだ。

窓の下に這い寄った村上が、徐ろに体を起すとねじ鍵に手を伸ばし静かにまわした。鍵がはずれ、村上の手が窓を少しずつ開けた。その部分は風下にあたっていて風は吹きこんでこなかったが、雨音が急に大きくきこえてきた。

村上は、大胆に窓に体をのしあげると闇の中に姿を没した。その素早い身の動きに、幸司郎はつづいて窓を越え後ろ手で窓を閉じた。

足先に水の冷たさがふれ、窓から静かに手をはなすと、その冷たさが胸のあたりまでせり上ってきた。炊事場の外の下水が、豪雨のため異常な増水をしていたのだ。村上が汚水の中を岸にむかって身を動かしている。幸司郎は、その後を追って岸に上った。

あたりは濃い闇で、雨が体に激しく突き刺さってくる。

幸司郎は、村上と走り出した。

逃走方向はあらかじめ定められていて、まず川西線の線路に出て帯広方面にむかうことになっていた。

霞ヶ浦航空隊を脱走した時よりも、幸司郎の気分は楽だった。闇に加えてすさまじい雨脚が、自分の姿をかくしてくれている。それに足の動きも好調で、かれは起伏した泥濘の中を走りつづけた。

鍋田をとらえた二頭のセパードが恐しかったが、豪雨に洗われた泥濘の中では犬の嗅覚もなんの役にも立たないだろう。かれは、脱走に成功しそうな確信をいだいた。

背後に村上の泥水をあげて走る音をきいていたが、振返った幸司郎はそれが大地に叩きつける雨音を錯覚していたことに気づいた。

かれは、足をとめ闇の中をうかがった。村上の名を口にしてみたが、周囲には濃い闇と泥濘にほの白いしぶきをあげて降り注ぐ雨脚しか見えなかった。

急に激しい不安が、かれを襲った。脱走をすすめてくれた村上に計画その他すべてをゆだねて、指示通りに動いてきた幸司郎は、自分が闇の中に孤立してしまっているのを感じた。

忘れかけていた山田と称していた男の顔が、胸の中をかすめ過ぎた。信頼のできる男が現われても、必ずその男は自分の傍をはなれてゆくようにも思えた。鍋田の血に染まった裸身が思い出された。その体の上にふりかざされたスコップの刃の閃きが、かれに恐怖をあたえた。

かれは、闇の中を走り出した。

足もとにレールを眼にしたのは、一時間ほど後であった。歓喜が、体を包みこんだ。村上も線路に突き当って、帯広方面に急いでいるにちがいないと思った。

かれは、枕木をふんで走り出した。

雨が勢いを弱め、空が青ずみはじめた。線路が遠くまで見渡せるほど明るんだ頃、雨はやんだ。

雲が流れ、陽がまばゆくさしてきた。

幸司郎は、線路際の灌木のしげみに入りこむと、雑草の中に身を横たえた。走る体力は失われていた。飯場の世話役たちは、必死になって自分と村上を追っているにちがいない。夜になるまでこの場に身をひそめていようと思った。

かれは、激しい疲労でいつの間にか眠ってしまっていた。

どれほど経った頃だろうか、かれは身をふるわせ眼を大きくひらいた。肩をゆすっている男の顔が、眼前にあった。それは世話役の顔ではなく、無精髭の生えた四十歳ぐらいの男であった。

「どうしたのかね、体でも悪いのかね」

男は、幸司郎の顔をのぞきこむようにして言った。その言葉に東北訛りがふくまれていることが、福島県生れの幸司郎の警戒心をゆるめさせた。

男は、灌木のしげみをすかすようにして、

「あの家に住む者だが……」

と、言った。

幸司郎は息をつき、動悸をしずめるように胸を撫でた。

幸司郎は、東京から飯場に送りこまれ殺されそうになったので逃げ出してきたと、男の眼を見つめながら言った。

男は、川西村の飯場か、と問うてから家へ来いと言って腕をつかんで引き起してくれた。そして、灌木の林をぬけると、尖った屋根の小さな家へ入って行った。

牛に餌をやっていた妻らしい女が暗い眼をして幸司郎を凝視したが、男がなにか言うと、うなずいて丼飯に煮物を添えて持ってきた。

幸司郎は、丼をかかえ飯を頰ばった。甕《かめ》の水を飲むと、男と女に何度も礼を言った。顔を洗い、背中まで泥のはね上った衣服を脱いで濯《すす》いだ。もしも可能ならば、この家に夜まで身をひそませていたかった。

しかし、幸司郎はそれが却って危険であることに気づいた。男も女も、口をきかなくなっている。かれらは、幸司郎をかくまうことによって受ける飯場からの制裁を恐れているのだろう。

それに、逃亡者の所在を通報した者には、飯場から幾許《いくばく》かの謝礼が手渡されることも通例になっている。幸司郎は、その農家の夫婦が保身のために自分を不利な立場におとし入れそうな予感がした。

かれは、男に近寄ると世話になったことを深く謝し、

「逃げおおせそうもないし、諦めて飯場へもどります」

と言った。

男は、無言でうなずいた。

幸司郎は家を出ると、あたりに眼を配りながら線路沿いの道に出た。

枕木をふんで歩き出した時、前方から手拭で頬かぶりした男が近づいてくるのを眼にし足をとめた。

男の顔に白い歯列がむき出しになり、その右手があげられた。

幸司郎は、それが村上であることに気づき走り寄った。

「この方向はちがう。帯広は逆だ。おれもまちがえたのだ」

と、村上は言った。そして、幸司郎をうながすと、線路沿いの道を走り出した。

道の分岐点に来た。村上は昨夜から食物をなにも口にしていないので、食糧を分けてもらうため近くの農家に入って行った。

幸司郎は、その家での村上の言葉づかいの巧妙さに呆れた。村上は、奥から出てきた老婆に気さくに声をかけると、上り框に腰を下ろした。そして、飛行場建設工事現場の連絡係だが、なにか食べさせて欲しいと言った。

老婆は、暗示にでもかけられたように、そば掻きを作って出してきた。

村上は、今度くる時地下足袋を持ってきてやるから家族の足の文数を教えてくれと言って、神妙な顔つきで紙片に数字を書きとめたりしていた。

かれらは、その家で握飯を二個ずつもらうと、畠の中の道を縫うようにして帯広にむかった。絶えず周囲に眼を配っていたが、一度兵隊をのせたトラックが遠い道を走るのがみえただけで、飯場からの追手らしい姿はみえなかった。

帯広にたどりついたのは日没後で、灯火管制のため町の中は暗かった。

かれらは、路地から路地を伝って駅に近づいて行った。

駅の建物が見えた時、村上が足をとめると、幸司郎の腕をつかんで電信柱のかげに身をひそめた。

「手が廻っている」

村上は、駅の入口の方をうかがいながら言った。

幸司郎は、その視線の方向に眼を向けた。駅の庇の下に、セパードの手綱を手にした男と木刀をもった男がしゃがんでいる。それは飯場の若い世話役だった。

村上が、幸司郎の腕をつかんで道を引返し、線路沿いの柵に身を寄せると淡い灯のつづくフォームの方に眼を向けた。丁度フォームに根室行きの列車がついていて、機関車が喘ぐように蒸気をふき出していた。

村上は、駅舎の方をうかがってから柵を乗り越え、幸司郎もそれにならい、フォームにあがると最後尾の客車に乗りこんだ。

列車が、動き出した。

幸司郎は、村上の慎重さに呆れながら、この男は大学でも出ているのだろうと思った。

貧農の家に生れ、口べらしのためもあって海軍を志願したかれは、学歴に対して特殊な意識をいだいていた。村上は冷静で大胆で、しかも頭脳が素早く働くらしい。それは、自分には望めぬような異質のものを秘めているように思えた。

かれらは、デッキに新聞紙を敷き体を横たえた。無事に飯場を脱出できた安らぎが幸司郎の胸をふくらませたが、これからどのような災厄がふりかかるか不安でもあった。

釧路の駅に列車がすべりこんだのは、夜明け近くであった。

幸司郎は、村上とともにフォームとは逆の扉を押し開いてレールの上にとび降りた。そして、停止している貨物列車の貨車の間をすりぬけて、交錯した線路を渡ると柵を乗り越えた。

空気は冷たく、かれは身をふるわせてくしゃみをした。

村上は、足早に家並の間を歩いてゆき、旅館という木札のかかっている家の前で足をとめた。幸司郎には、村上の気持が理解できなかった。二人の懐中には、一銭の金もない。が、村上はガラス戸を叩くと、白いカーテンのかげから顔をのぞかせた女に、

「泊りたい」

と、言った。

客も少いのか、女はガラス戸を開けると二階の六畳間に案内してくれた。

「さあ、一眠りだ」

村上は明るい声で言うと、押入れからひき出したふとんの中にもぐりこんだ。そして、幸司郎に眼を向けると、

「うまくいったな。ここでぐっすり眠って、たらふく食って、後はなんとかなるさ」

と言って笑うと、ふとんに顔をうずめた。

その日、午《ひる》近くまで眠ってから食事をとった。

幸司郎は、千島、樺太行きの労務者を募っている組を探す目的で、村上を残して宿を出た。港の方に歩いていったが、水兵の姿がしきりに眼につくので、倉庫の並んでいる道に出た。

かれは、前方から歩いてくる人夫らしい男に眼をとめて、北方行きの人夫を集めている組はないかと問うた。男は、それは菅原組だと言って飯場のある場所を教えてくれた。

幸司郎は、道をたどって菅原組の事務所に行ってみた。が、応対に出てきた帳場の者は、北方行きの採用なら本間という口入れ屋が扱っているはずだという。かれは、再びその職業周旋所の所在を教えてもらい、本間の店のノレンをくぐった。

ストーブに当っていた老人が、暖をとるように言い、幸司郎の希望をきくと、

「今までたしかに千島行きを扱ってきたが、今はない。多度志に行ってみる気はないか

い。その現場では、時々千島行きの人夫をまとめて送り出している」

と、言って、壁に貼られている古びた地図をさし示した。それは、北海道の中央部からやや日本海沿岸に寄った場所で、そこから千島行きの人夫たちが送り出されているとは思えなかった。

しかし、幸司郎は温和な表情をした老人の言葉に偽りはなさそうに感じ、地図をみても自分の身をかくすのに適した場所であるように思った。

幸司郎は、村上が不承知なら自分だけでも行きたいと思い、斡旋して欲しいと告げ、率直に仲間と無一文で宿に泊っていることを打明けた。

老人は笑い、傍に坐る番頭に面倒をみてやれ、と言った。

旅館にもどって周旋所の話をすると、村上は、他に行くあてもないのだから、だまされたと思って一応その現場に行ってみようと言った。やがて番頭が旅館にたずねてきて宿賃を払ってくれ、夜行列車に乗って多度志へ向った。

番頭は車中で、支払った宿賃も汽車賃もすべて老人の好意で、それらの費用は赴任先の飯場の前借金としないことを繰返し口にしていた。

翌朝早く多度志についた幸司郎たちは、番頭の案内で鷹泊という、村の近くの飯場におもむいた。

地図の上で想像していたものとは異なって、その作業現場は広大な規模をもっていた。それは、雨竜川上流一帯にくりひろげられている砂白金の採掘作業で、三千名近い人夫が働いているという。

番頭は、呆れたように周囲を見廻している幸司郎たちを大きな飯場に連れていった。その建物は、田舎町の劇場を改造したもので、舞台の上に幹部室が設けられ、観客席にあたる部分に蚕棚のような寝台が並び人夫が寝泊りするようになっていた。窓には太い格子が打ちつけられ、木刀をもった世話役たちが舞台の上に坐って監視していた。

幸司郎は、再び飯場の生活に引きもどされたことを知ったが、番頭が約束してくれていたように、幸司郎も村上も飯場の人夫とは異なった扱いを受けられることに気づいた。

管理人の小川辰五郎という五十年輩の男は、番頭にも慇懃《いんぎん》で、二人に作業衣と地下足袋を手渡した。そして、村上には炊事場係、幸司郎には現場監督の助手の役柄をあたえてくれた。それは、幸司郎と村上が前借金なしの身であることと、小川が釧路の本間という老人になにかの恩義を感じているためと推察された。

幸司郎は、老人の斡旋でこの現場に来たことを幸運だったと思った。作業現場は大きいが仕事は楽そうだし、北海道の内奥にあるこの現場には捜索の眼もとどきそうにない。第一、夜間の外出も自由で、もしも発覚しそうな危険が迫れば、他の土地へ逃げることもできるのだ。

　雪がやってきた。

　その飯場も、川西村の飯場と同じように異様な世話役たちが人夫たちを監視していた。小川の客分の大谷五郎という男は僧侶出身と言われ、胸に南無妙法蓮華経という文字が彫られ、眉や足の裏まで刺青に彩られていた。

　人夫たちは、それらの世話役たちの眼にさらされながら、過重な労働と制裁に喘いでいた。逃亡者も出て、それが旭川の警察署に捕えられ引き戻されてきた折には、人夫たちへの見せしめのため舞台の梁から宙吊りにされ、裸身に木刀やロープが叩きつけられた。

　そんな光景も、幸司郎は傍観者としてながめる立場にあった。現場には憲兵も姿をみせたことはなく、かれは雪の降りしきる山間部の生活にようやく安息を見出していた。

　昭和十九年が暮れ、新年を迎えた。新聞には暗い内容の記事が多く、東京や名古屋方面にB29アメリカ爆撃機が飛来し投弾したことが伝えられていた。ミンドロ島、ルソン島への米軍上陸も報じられ、世話役たちの話によると、北海道全域の海岸線に敵上陸にそなえるための陣地構築がおこなわれているという。

　或る日、幸司郎は村上とともに管理人の小川に呼ばれた。小川は、幸司郎たちが北方行きを希望していたことを本間の番頭からきいていて、千島の国後島《くなしり》に百人ほどの人夫が行くが赴任する気はあるかと言う。

幸司郎は、首をふった。かれは、二カ月ほどこの飯場で過してきたが、霞ヶ浦航空隊を脱走して以来、ようやく安らいだ日々を送ることができるようになった。千島に渡って最終的にはソ連領内へ入ることが希望だったが、多度志のこの現場以上の生活は期待できそうになかった。

村上も同じように千島行きには不熱心で、小川もすぐに諒承した。そして、千島行きの者に言ってはならぬと前置きしてから、千島列島の小さな島の現場では平均三分の一の人夫が死亡する。その原因は、他の島との連絡も悪く病人が出ると足手まといになるので薬殺するからだという。

「なぜお前たちが千島行きを希望するのか、おれにはわからなかったよ」

小川は笑った。が、その顔には、千島行きを望む幸司郎たちが口外できぬ過去をもっていることを察しているような表情がうかんでいた。

それから五日後、千島行きの人夫たちが出発することになったが、その前日に深川の警察署から労働課の刑事が飯場にやってきた。

幸司郎は不安を感じたが、刑事は千島行きの人夫もふくめて配下の者全員に手紙を書かせて故郷の家へ送らせるようにと小川に要求した。その理由は、人夫たちが長期間家をはなれていて音信不通になっている場合、もしも召集令状が来てもそれに応じることができない。多くの人夫が千島に出発する機会に、生れ故郷へ全員が現在の所在をあきらかにしておくべきだというのだ。

小川は承諾して全員に葉書を渡し、便りを書かせた。そして、それを集めたが、小川は投函させることをしなかった。大半の者が宛名を偽って書いてあることを知っていたし、組としても人夫を出征や徴用で失うことを好まなかったからであった。

連日のように雪が降るようになった。東北生れの幸司郎にも、初めて眼にする豪雪だった。かれは、人夫の群れに付添って採掘現場までの雪道を往復した。

二月に入った頃から、飯場で支給される食糧が量も乏しく質も悪化した。農耕地では働き手の男たちが出征したり徴用を受けたりして、収穫量が激減している。また漁村でも若い漁師が姿を消し、その上燃料不足で船を動かすこともできない。さらに潜水艦や艦上機の飛来もつたえられるようになって、出漁の危険もたかまっていた。

それに北海道には、本土決戦にそなえての兵力の投入と陣地構築の労務者の増加で、備蓄されていた食糧も底をつきはじめているらしかった。

飯場では、食糧係を設けて各方面に放ったが、集めてくる食糧の量はきわめて僅かだった。

いつの間にか食事は雑炊だけになって、人夫たちの体は衰弱していった。

他の飯場では栄養失調で倒れる者が出はじめたという話がつたわっていたが、二月下旬の或る朝、幸司郎の飯場でも二人の死者が出た。それは、玉越と伊藤という人夫で、夜の間にひっそりと死亡したらしく起床時にはその体も冷えていた。

警察から係官と医師が降雪の中をやってきて、簡単な検視がおこなわれた。死因は、栄養失調による眠り病と判定された。

幸司郎が、二人の人夫とともに死体を処理することになった。

幸司郎は、立棺を二個作らせた。が、遺体はすでに硬直していて、関節は突っ張っていた。やむを得ずかれは、人夫に命じて遺体をロープで縛りつけ、ようやく正坐の姿勢をとらせて棺の中に押しこんだ。

棺が二個、橇《そり》の上に載せられた。

橇が村道を進むと、家々の窓から老人や女や子供の暗い眼が棺に注がれた。村に働き手の男は絶えている。取り残された老人や女たちは、荒々しい飯場の男たちの姿におびえ、飯場から運び出されてきた二個の棺に不吉なものを感じているにちがいなかった。

橇は、田の上をすべって狭い墓所に入った。

人夫が、スコップで雪を掘ってゆく。田のふちに立つ家々の窓からは、村人たちの顔がのぞいていた。

人夫は、汗をぬぐい何度も手を休めた。積雪は二メートル以上にも達していて、スコップが土をすくいはじめた頃には、人夫の体は雪の穴の奥深く沈んでいた。

さらに土が一メートルほど掘り下げられた頃、あたりに濃い夕闇が迫ってきた。幸司郎は、人夫と立棺を穴の中におろし、土と雪を落した。

かれらは合掌すると、橇をひいて雪の道を引返した。

その夜、二人の人夫の死に衝撃を受けたらしく、六名の人夫が集団で脱走した。が、それを知った小川は、かれらを追わせようとはしなかった。飯場での食糧は乏しく、人員の減ることはむしろ好ましいと思っているようだった。

さらに翌日の夜も三名の人夫が姿を消したが、三日後と四日後に二名ずつの人夫がもどってきた。かれらは逃亡してみたが、他の地域ではわずかな食物を口にすることもできぬことを知って、体罰を覚悟で引返してきたのだ。

小川は、かれらを宙吊りにしたが、簡単に打擲《ちょうちゃく》しただけであった。

飯場には、倦怠感が淀むようになった。管理者の小川をはじめ世話役たちも人夫たちも、物憂げな眼をして夜も匆々に眠りについた。

三月中旬には、硫黄島守備隊の玉砕が報じられ、東京をはじめ大都市にB29がしばしば襲来し、夜間爆撃も開始されているようだった。そして、四月一日には、アメリカ軍の沖縄上陸がつたえられた。

雪融けがやってくると、樹の芽が一斉にふき出した。

幸司郎は、春の到来の余りの激しさに呆然とした。空気は冷たかったが、大地が身をゆるがせて春を受け入れようと努めているようにも思えた。

かれは、禁錮室を脱走してから一年間が経過したことを知った。山田という姓の男や市川大尉の顔がよみがえってきた。きらびやかな炎をあげていた九七式艦上攻撃機カ502号機の姿も思い出された。

脱走して以来、現在まで生きつづけられたことが不思議であった。そして現在、北海道の山間部で、萌出《もえで》た淡緑色の樹々の芽に包まれていることは一層信じがたいことに思えた。

かれは、その年の元旦に二十一歳になっていたが、かれ自身もそのような若さであることが納得できない気がした。一年間の歳月の流れは重く、自分がすでに三十歳にも達しているような錯覚をいだいた。

雨竜川は雪融け水で増水し、夜の静寂の中で流れの音がとどろいた。かれは、自分の体が激流に洗われているような感覚にひたりながら眠りの中に落ちた。

地表が、まだらに露出するようになった。

或る日、幸司郎は、現場から飯場に呼びもどされた。小川の部屋に入ったかれは、そこに警官が立っているのに気づいて顔色を変えた。一年間に自分のたどった道を追って、捜索の手が伸びてきたのかと思った。

警官は、

「棺が……」

と、険しい眼をして言った。

積雪期に二人の人夫の遺体をおさめた立棺の一つが、雪のとけるとともに墓所の土からむき出しになった。

「手をぬいたろう。棺が土の上に出て、ふたがはずれているのだ。仏の体が日にさらされてしまっている。それに……」

と言って、警官は眼に憤りの色をうかべて幸司郎を見据えた。

鳥がむらがって遺体の頭部を突ついている。頭蓋骨が破られ脳が露わになって、鳥がそれを争ってついばんでいるという。

「仏をそのように粗末に葬ってよいのか。村の者は、大切な墓地をけがされたと年寄りなどは泣いている」

と、警官は言った。

小川は、しきりに警官に詫び、

「早く丁寧に埋葬し直せ」

と、幸司郎に言った。

幸司郎は、雪が深かったため墓穴を十分に掘ることができなかったのだと弁明しようとしたが、警官とそれ以上向い合っていることが不安で、現場から墓掘りに従事した人夫二人を呼んで墓所に向った。

ぬかった畦道をつたって行くと、墓所の一角に黒いものがむらがっているのが見えた。幸司郎たちが近づくと、黒いものは乾いた羽音をさせて舞い上り、同時に激しい腐臭がひろがった。

幸司郎は立ちすくみ、手拭で鼻をおおった。烏が二羽残って、棺の中に体を傾けている。

振返ると村道に、数人の村民にかこまれるようにして立つ警官の姿が見えた。激しい死臭に人夫と墓地をはなれたかったが、警官の怒りを誘うこともためらわれて、幸司郎はスコップをにぎりしめると埋葬個所に近寄った。

鳥が飛び立ち、幸司郎はその個所に空洞になった頭蓋骨を見た。肩と首の肉もむしりとられて白い骨が陽光を浴びている。腐臭が濃厚に淀んでいて、嘔吐感が突き上げた。かれは、顔をしかめ棺の傍の土にスコップを突き立てた。土は柔かく、湿り気をおびていた。

二人の人夫が恐る恐る近づいてきたが、若い人夫は後ずさりすると畦道に出て、しきりに嘔吐していた。

幸司郎は、村道に立つ警官の視線がこちらに注がれているのを意識した。もしも自分の過去が警官に気づかれれば、棺の中で屍臭を放つ遺体と同じものに化してしまう。かれは、スコップを一心にふるいつづけた。

深い穴の中に、かれの身は没した。かれは、棺の下の土を掘り起し徐々に棺を降下させていった。

穴の外に這い上った幸司郎は、棺のふたをしめ直し、老いた人夫と土を落した。

やがて棺を埋めた個所に土が盛り上り、かれらはスコップで土の表面を入念にたたいた。

幸司郎は、人夫をうながすと畦道を引返した。村道の方をうかがうと、作業を始める前と同じ姿勢で警官と村人たちが寄りかたまっているのが見えた。

春はまたたく間に去り、村の田植が老人や女の手ではじめられた頃には、初夏の陽光が輝くようになった。

ドイツの無条件降伏がつたえられ、アメリカ爆撃機の本土空襲も激化し、東京をはじめ多くの都市が焦土と化したことが報道されていた。

北海道でも各地に艦載機の飛来が頻繁になり、アメリカ潜水艦が近接しては航海中の輸送船を雷撃し、沿岸の村落に砲撃しているという話もつたわってきた。各地域では、防備陣地の強化に併行して道民による国民義勇隊の結成も実施されたようだった。

現場の作業は、電力や運送能力の低下等で中止される日も多くなり、陣地構築に転ずるため飯場を引き払う組も出てきた。現場の活気は徐々に失われて、人夫の数も減少する一方だった。

食糧不足はさらに悪化して、人夫たちは世話役に連れられ山菜を採取に山へ入ったりした。山の谷間には雪が残り、嶺や谷を歩きまわるかれらは、蛇を捕えてきては食物にあてたりしていた。

六月下旬、沖縄の失陥が報じられ、本土決戦の重苦しい空気が、作業現場をつつんだ。飯場の数は日を追って減少し、七月下旬には現場で働く人の姿もまばらになった。

八月十五日、警察署から正午に各飯場で天皇のラジオ放送をきくよう通達があった。

定刻になると、雑音にまじって特異な抑揚のある声が流れ出た。それは初めて耳にする天皇の声であったが、幸司郎は天皇が実在の人間であることに奇妙な感慨をおぼえていた。

小川をはじめ世話役も人夫たちも、頭を垂れて立っている。整列したかれらは、栄養不足のため例外なく痩せていた。

放送が終了し、人夫たちは顔をあげた。天皇の放送には、しきりにポツダム宣言という言葉が挿入されていたが、難解な表現が多く意味はつかめなかった。

小川の顔にもいぶかしそうな表情が浮び、人夫たちを見廻すと、

「解散」

と、言った。

その時、列の中から炊事場係の村上が小川に走り寄ってなにか言った。小川の顔に怒りの色が浮び、とんでもないことを言うな、と言って村上の襟をつかんだ。そして、村上の顔を見つめていたが、放心したように手を襟からはなした。

負けたらしいという言葉が、人夫たちの間に流れた。かれらの顔はこわばっていたが、その眼には疑わしそうな光もうかんでいた。しかし、幸司郎は、村上の解釈を事実だろうと思った。村上は頭脳もよく、難解な天皇の放送の内容をききとったにちがいない。

道を事務所の者が走ってきた。男の顔はゆがみ、頰には涙が流れていた。そして、小川に途切れがちな声でなにか言うと、他の飯場の方へ駈けて行った。

小川の口から、負けたという言葉が洩れた。人夫たちの頭は垂れ、すすり泣く声が起った。

幸司郎は、乾いた土を見つめていた。敗戦の不安を感じたことはあったが、それが現実のものとなるとは予想もしていなかった。

不意に、涙があふれ出た。土が、漂白されたように白っぽく変化してみえた。かれは、前に立つ人夫の肩が波打っているのを視線の隅で感じとっていた。

午後は、作業も休止状態になった。人夫たちは飯場にもどると、うつろな表情で寝台に身を横たえたり腰を下ろしたりしていた。

その夜、村上が幸司郎に近づいてきた。かれの眼は、異様に光っていた。

「おれは、東京へ帰る」

村上は、言った。

幸司郎は、呆然とかれの顔を見つめた。

「お前には、そんな勇気がないだろう。いいようにしろ。だが、おれにはわかるのだ。時代が変った。おれは、この日を待ちこがれていたのだ。じゃ、これで別れる」

村上は眼を輝かせて笑うと、炊事場の方へ去った。

翌朝、幸司郎は、村上の姿が消えているのを知った。

飯場の組織は、たちまち崩壊した。砂白金採掘場は閉鎖状態になり、管理者の小川も世話役を連れて山を下っていった。

人夫も数人ずつ連れ立って去り、うつろな日が過ぎていった。

幸司郎は村上の別れぎわに残した言葉を反芻しながらも、敗戦という事実が自分にどのような意味をもつものか判断することもできなかった。陸海軍は解体されて、アメリカ占領軍が各地域に上陸し進駐してきているという。

憲兵隊も解散して自分を追うことはしなくなっているかも知れないが、軍用機に放火し禁錮室を脱走した事実は厳存している。それが、敗戦という大きな渦の中でどのように扱われるのか予測もつかなかった。

飯場には行くあてもない人夫が数名寝起きするだけになって、かれらは所々からかき集めてきた食物を煮炊きしていた。かれらの中には飯場を脱走して引返してきた人夫もまじっていて、いたずらに動くと激しい飢えが待っている、と口癖のように言っていた。

幸司郎は、家に帰りたかった。手紙も出してみたかった。が、かれは、そのいずれをも断念した。一年前におかした罪は、たとえ敗戦を迎えても消えることはなく、自分の所在をあかせば捕えられ処刑されるような予感がした。

一カ月近く飯場にとどまっていた幸司郎は、閑散としたその場所に起居することは不利だと思うようになった。敗戦後の社会の動きにふれることはできず、新聞も配達されてこなくなっている。自分の立場が変動している社会の中でどのように扱われるのか、かれは自分の眼で耳でたしかめてみたかった。

かれは、澄みきった秋晴れの日に山を下った。そして、多度志の周旋人の紹介で列車に乗って網走に行き、港湾工事の飯場に入った。

しかし、かれは、刑務所のあるその町を好きになれなかった。禁錮室の格子や冷たいコンクリートの床が思い出され、再び投獄されるのではないかという恐れを感じたのだ。かれは、飯場から六百円の前借をしていたが、すきをみて飯場を脱け出した。列車で北見山地を越え、旭川を経由して石狩炭田の赤平町に近い炭鉱に行った。

かれの所属したのは菊島組で、戦時中鉱夫として使っていた連合国軍の捕虜を収容していた建物が飯場にあてられていた。

かれは、伊藤元治という名で人夫として働くようになった。前借をしたかれは、世話役の厳しい監視を受け、労働も過重なものが課せられた。

かれの最大の関心事は、新聞に掲載される記事だった。

日本に進駐したアメリカ占領軍は、積極的な施策を実行に移していた。東条英機元首相をはじめ戦時中の著名な軍人や政治家が戦争犯罪人として逮捕され、さまざまな団体が解散を命じられていた。それに、民主主義という見なれぬ文字も随所に記されていて、国の組織が根本的に改革されていることが感じられた。

十月に入って間もなく、かれは新聞に大きく報道されている記事に眼を据えた。それは連合国軍総司令部が、共産主義者徳田球一らを釈放したという記事であった。同司令部はこれら政治犯の出獄を歓迎し、また出獄者たちも連合国軍総司令部に感謝と賛辞を送っていた。

幸司郎にとって、その記事は激しい刺戟になった。アカと称され投獄されていた政治犯たちが、連合国軍の手によって獄から解放された。自分のおかした罪は重大な反軍行為であるが、連合国軍が政治犯を釈放したと同じように自分をも庇護してくれるかも知れないと思った。

その夜、かれは眠れなかった。連合国軍は、絶大な権力をもって戦時中の組織を徹底的に破壊している。海軍にそむいた自分は、むしろ連合国軍によって好意的に迎え入れられるかも知れない。銃殺刑という言葉が、空々しいものに感じられた。罪は消滅し、逃げることも必要はなくなっている、とかれは思った。

かれは、歓喜に身をふるわせながら起き出すと、飯場の淡い電灯のもとで故郷宛の手紙を書いた。健在でいることを述べてから、最寄の連合国軍に連絡してくれと記した。連合国軍は自分を保護し、家へも帰れるはずだとつけ加えた。

翌日、かれは選炭場の人夫に手紙を渡して投函を依頼した。その手紙がどのような結果を生むか不安であったが、おそらく自分は庇護される身になるだろうと信じた。郵便事情は悪く、手紙が福島県の故郷にとどくのは一週間以上過ぎた頃になるだろうと推測した。

しかし、三日後、かれは事務所で赤平警察署の部長の訊問を受け、早くも連合国軍に所在を察知されたことを知った。

部長は、初め詰問口調で幸司郎の経歴を質問していたが、かれがかたく口をつぐむと態度を一変させた。そして、幸司郎の出した手紙が連合国軍の検閲にかかり、事情聴取が赤平警察署に命じられた事情を慇懃な態度で説明した。

部長は、戦時中なにをしたのかと問うた。

幸司郎は、

「脱走」

と、短く答えた。

部長は、管理者の斎藤を呼ぶと、

「この人は丁重に扱え。仕事をさせてはいかんぞ」

と言って、事務所を出て行った。

それからの一カ月間、かれはさまざまなことを味わわされた。

赤平警察署員の訪問を受けた二日後、武装したアメリカ陸軍情報部の中尉と曹長にジープで旭川の分遣隊に連行された。そして、通訳を介して戦時中の行動を詳細に質問され、かれもそれに答えた。

取調べに当った情報部の少佐は、落下傘の傘体を持出させ九七式艦上攻撃機の爆破を指示した山田と称する男に強い関心をしめした。そして、その容貌を詳細に質問し、モンタージュ写真の作成にとりかかった。

二日目に出来上ったモンタージュ写真は山田に酷似していて、幸司郎はその顔に懐しささえ感じた。

その間に、幸司郎は顔写真や指紋も採取され、爆破に使用した発火装置の外観図まで書かされた。

応接する情報部員の態度はきわめて好意的で、食糧その他待遇もよかった。少佐やその部下は、幸司郎を「ジョー」とか戸籍簿名の姓をそのまま使って「ジョー・伊藤」と呼んでいた。

連行されてから三日後に幸司郎は偕行社の建物に移されたが、翌日少佐が二世の早川という通訳を伴なってやってくると、

「ジョー。君の言ったことは、うそではなかった。山田のことについて、われわれはすべてわかった」

と、言った。

幸司郎は、「すべてわかった」という言葉に、山田と名乗っていた男がやはりアメリカ側の諜報機関の一員だったのかと思った。

取調べも終了したので、かれは家に帰ることを希望した。しかし、少佐は首をふった。庇護してやったのは自分たちであり、そのためにも仕事をすべきだと婉曲にほのめかした。そして、一カ月分の給与だと言って、三百円の紙幣をかれの手に押しつけた。幸司郎は、その紙幣を無言のまま受けとった。

日本は、全国くまなく占領軍の支配のもとにおかれている。自分の身はアメリカ軍に監禁されているのでもなく脱け出すことは容易だったが、占領軍の眼におびえて逃げまわらなければならない。連合国軍の日本に対する占領はこれからかなり長い年月続きそうだし、幸司郎は身をかくして逃げることがいやだった。

雪が、やってきた。

或る日、情報部の中尉がかれのもとにやってくると一つの命令をつたえた。帯広郊外の飛行場附近に十名ほどの樺太からの引揚者が集団生活を営んでいるが、その生活状況を探ってこいという。目的は口にしなかったが、情報部では、その引揚者たちがソ連側から送りこまれた特殊工作員ではないかという疑いをいだいているようだった。

幸司郎は承諾すると、中尉から列車の乗車券と五百円の金を受けとり、旭川駅から列車に乗った。

帯広には、雪が霏々《ひひ》と舞っていた。その町の郊外にある飯場で働いたことのあるかれは、町の地理にわずかながらも知識はあったが、中尉からの依頼をどのように果してよいのか見当もつかなかった。

かれは、あてもなく雪の中を歩き出したが、町角を曲った時、一つの古ぼけた建物に眼をとめた。それは、飯場から病院へ通う途中で見たことのある旧憲兵隊の詰所だった。

かれは一瞬立ちすくんだが、むろん憲兵隊の大きな木札もなく、建物は廃屋のように森閑としている。そこに威圧感はなく、かれはなにかの手がかりがつかめそうな気がして、誘いこまれるようにその建物に入っていった。

廊下の左側にあるガラス戸をあけて声をかけると、奥の部屋から白髪まじりの無精髭をはやした五十歳ほどの男が出てきた。

幸司郎は、口をひらいた。自分は、旭川の終戦連絡局から出張してきた者だが、米軍が飛行場に構築された旧日本軍のトーチカを近々のうちに爆破する計画を立てている。その附近に樺太からの引揚者が住んでいるというが、立退かせなければ危険である。どこに住んでいるのか、それに関する資料があったら見せて欲しい、と淀みない口調で述べた。

男は、ちょっと待って下さいと言って部屋から出て行った。

幸司郎は、自分の口から巧妙な言葉が流れ出たことに呆れていた。一年半前航空隊にいた頃の自分には、想像もつかないような頭脳の働きだと思った。

かれは、苦笑しながら部屋の内部を見まわした。傍の古机の上に本立てがあって、書類綴りが並んでいる。表紙をのぞきこむと、マル秘という朱色の印がつけられていた。

かれの手は自然に動いて、その書類綴りの一部を引き出し、素早く外套の下にかくした。

ガラス戸がひらいて、入ってきた男が紙片をさし出した。そこには、引揚者たちの住所が記されていた。

幸司郎は厚く礼を述べると、降雪の中に出た。駅にゆっくりと歩きながら、かれは不逞な自信に似たものが、体の内部に根強く巣食っているのを感じていた。巧みな虚言も書類綴りを引きぬいたことも、すべてが自然な行為のように思えた。

翌日、旭川にもどったかれは、その書類綴りを中尉に渡した。

中尉は、いぶかしそうに持ち去ったが、その日の夕方再び姿をあらわすと、かれの果した行為が情報部に大きな満足をあたえていることをつたえた。幸司郎が盗み出してきた書類綴りは、樺太の海岸線に構築された旧日本軍の洞窟陣地の配置図で、重要資料として保管されることになったという。

幸司郎は、黙って中尉の発する「ベリー、ナイス。ジョー」と繰返す言葉をきいていた。

その折の成功がきっかけになって、幸司郎はさまざまな命令を受け、その都度無抵抗に動きまわった。

或る時は、石北本線沿いにある当麻の山間部の旧兵舎を探って、日本陸軍の隠匿していた大量の弾薬の所在をつかんだ。そして、翌早朝、戦車八輛によって率いられた貨物自動車の群れを案内して、弾薬の押収に協力したりした。その時もかれは、情報部将校から、

「ナイス、ジョー」

と、肩をたたかれた。

その他、元軍人の行動調査、米軍将校宿舎の放火事件、軍需物資の盗難事件などに関係して積極的に情報蒐集に従事した。

かれが、そのような行為をつづけたのは自由が欲しかったからであった。一仕事終えた後、かれは、家へ帰させてくれと頼みこむのが常であった。が、米軍将校は、にこやかに笑いながら首をふった。急ぐことはない、もう少し仕事をしてからだと、将校は同じ言葉をくり返した。

幸司郎は、自分の体に新たな枷がはめられているのを感じた。終戦によって得られると思った自由は、自分にとって無縁なものだということを知ったのだ。

十二月初旬、かれは思い切って情報部の中尉宛に置手紙を書いた。文面は一度家へ帰ってから、また引返してくるという内容で、荷物を持たずに偕行社を脱け出した。

かれは、旭川の駅まで走ると列車に乗り込んだ。列車は、旭川をはなれ南下した。そして、札幌を経由して函館から津軽海峡を渡った。

青森のフォームに立った時、その地つづきに故郷があるのを感じたかれの胸は熱くなった。上野行きの列車に乗りこんだが、興奮は列車の進むにつれてたかまった。

しかし、仙台を過ぎ原ノ町を過ぎた頃から、かれは平静さを失いはじめた。故郷の家にもどることが無気味に思えてきたのだ。

戦争は終り、米軍の庇護を受けるようになってはいるが、生家にだれかが待ちかまえているように思える。憲兵隊は解体されているが、警察機構は存続されていて刑事が逮捕のため張込んでいるかも知れない。

かれは、息苦しさを感じて、郷里の下車駅である四ッ倉の二つ手前の広野駅で列車からおりた。

駅を出たかれは、海岸に行くと腰を下ろした。海は、明るく輝いていた。それは郷里に近い見なれた海の色であったが、その明るさがかれには不安であった。

このまま東京へ行ってしまおうか、と思った。東京は焦土と化したが、多くの人々が闇市を歩きまわっている写真が新聞にも載っていた。人々の群れの中にまぎれこんでしまえば、素姓もわからずに日々を過すことができるかも知れない。

かれは、砂地に身を横たえると、指先で意味もない文字を砂の上に描きつづけた。

日が、傾きはじめた。

立ち上ったかれは、駅の方へ歩いた。生家に帰って両親や兄弟と会いたい思いが激しくつのった。会うことは出来なくとも、生家の建物だけでも眼にしたかった。

上野行きの列車がフォームにすべりこんできた。車内には買出し客がひしめいていて、かれはようやくデッキに体を押しこむことができた。

列車が一駅ずつとまって、やがて四ツ倉駅に到着した。

かれは、手拭で頬かむりをすると、改札口を避けてフォームのはずれから磐城セメントの引込線に出た。そして、万年瓦製造工場の裏道をたどって海岸に近づいた。そこには、太い松の防潮林がつづいている。

林の中に道はあったが、かれは人と会うことを恐れて、植えられたばかりらしい低い松の密生している場所を進んだ。松葉が頬や手を刺して、痛かった。

林がきれると、広い田圃の彼方に灯が見えた。

かれの胸に、熱いものがつき上げてきた。長い間思い描いていた生家の灯だった。が、かれは、その場で足をとめると立ちつくした。生家に近づきたかったが、足が動かない。人影はなかった。

一時間ほどしてから、意を決して畦道に足をふみ入れた。小川の流れの音が、なつかしく耳にふれてきた。闇の中で地形をさぐり、小川の岸に近づいた。そこは少年時代、防潮林の枝を盗みに行く時に渡った個所で、流れが浅く川床が浮き出ている。

かれは、ひそかに小川を渡ると家に近づいた。そして、身を伏すと家のまわりを這ってまわった。人の姿は、なかった。

かれは半身を伸ばすと、入口の戸の節穴から内部をのぞきこんだ。母がいた。兄も弟もいた。家族以外の者の姿はなかった。

「ムッちゃん」

かれは、低い声で兄の名を呼んだ。

節穴の中の兄の顔が、こちらに向いた。

幸司郎がもう一度声をかけると、兄が立ってきて戸がひらいた。

「だれです。カズヒコ君か」

兄は、友人の名を言った。頬かぶりをし眼鏡をかけているので、幸司郎とは気づかない。

幸司郎の眼から涙があふれた。

「おれだ。幸司郎だよ」

かれが言うと、兄の手がかれの肩をつかんだ。

「幸司郎」

息を吐くようなかすれた声が、兄の口から洩れ、かれの腕をつかむと、よろめくように家の中へ引き入れた。

母の柔かい体が、無言でしがみついてきた。その手が、幸司郎の頭を幼児をあやすようにしきりに撫でた。

「生きていたのか」

母の口から、かすれた声が洩れた。

幸司郎は、甘えるように母の体を抱き、泣いた。

予想していたことではあったが、かれが脱走以来、家族は大きな苦痛を味わわされていた。

脱走して間もなく、水戸の憲兵隊から二名の憲兵がサイドカーでやってきた。憲兵は、幸司郎が脱走したことを告げ、「帰ってきたら必ず連絡するのだ。もしも自首しないと望月は銃殺刑だ」と言って、荒々しく家宅捜索をした。

家族は嘆き、父はその衝撃で寝込み、脳溢血で死亡していた。

家の周囲には絶えず四倉町の特高の刑事が張込み、手紙類はすべて検閲され、家族は徹底的な尾行をうけた。近所の聞込み調査もおこなわれて、落下傘不法持出し、軍用機爆破、そして逃亡という事実も村中に知れ、家族は非難につつまれ孤立した。

幸司郎を屋根裏にかくしているとか、日向ボッコをしているのを見たという噂も村内に流れ、その都度特高刑事の手で荒々しく家探しされた。小学校に通っていた弟は、スパイという渾名をつけられ、しばしば集団的な暴行を受けた。そして、村の子供たちはかれの家の前にくると、声をそろえて歌った。

「見よ落下傘　空を征く
　見よ落下傘　空を征く
…………」

幸司郎は、戦後も家族が近隣との交際も断たれてひっそりと生活していることを知った。家の前で落下傘の歌をうたう者はなく、弟も暴行を受けることはなくなっていたが、かたい沈黙と暗い眼が家族を押し包んでいたのだ。

かれには、故郷も安らいだ場所ではなかった。かれは家の中にとじこもって三日間をすごすと、夜、頬かぶりをして家を出た。そして、裏道から駅にたどりつくと、列車に乗って北へむかった。

かれは再び旭川の連合国軍情報部分遣隊に赴いたが、その後、ジョー・伊藤の名で道内を歩きまわった。かれが、連合国軍の手からはなれることができたのは、五年後であった。

望月氏から私の家には、相変らず頻繁に電話がかかってきていた。脱走後身を寄せた場所を訪れたり、遠く北海道まで行って作業現場のあった地域を旅したりしているようだった。そして、その都度、私に話してくれた内容に補足してくれた。

かれは、航空隊の上司や同僚の名を数多く並べては、

「会って話をきいてくれれば、よくわかるはずなのですが」

と、口癖のように繰返した。かれは、自分の口にしたことが決して作り話ではないことを、私にも確実に知って欲しいようだった。

たしかに私は、Uと名乗る男からの電話の内容をメモしたものを眼にした時、望月氏の実在を疑ったように、その内容についても疑惑をいだいていた。しかし、望月氏と会って話をきいてから、氏の口にする回想が事実であることをかたく信じた。経験した者のみが口にできる要素が、鎖のように隙間なく連続されていたのだ。

よく眠れます、すべてをお話ししてから不思議なほど眠れるのですと、かれは電話口で何度も言い、最後には必ず関係者の名を口にした。

私は、航空隊関係者に会って話をきくべきだと思うようになった。そして、氏の記憶にある人々を調べては連絡をとってみた。が、航空隊に所属していたそれらの人々は、大半が戦死していた。

私は、禁錮犯であった望月氏と最も深い関係をもつ市川大尉の所在を探っていたが、やがてそれが市川妙彦氏で官庁に勤務中であることを確認した。

私が市川氏に電話をかけて、九七式艦上攻撃機炎上事件について聞きただすと、

「そう言えば、たしかにそんなことがありましたなあ」

と、言った。

或る夜、私は望月氏を伴なって市川氏の勤務先を訪れた。

二人の男が、向い合った。

「望月じゃないか。いったいどこへ逃げていたんだ」

市川氏が、甲高い声をあげた。

望月氏の顔に、羞恥の色が浮んだ。

奇妙な人間の出会いであった。私は、傍に立って二人の男の会話を無言できいていた。

市川氏の記憶は次々によみがえるらしく、落下傘の傘体や九七式艦上攻撃機カ502号機の炎上、そして望月氏の逃亡へとひろがってゆく。

逃亡した夜、衛兵伍長からの報告で、氏は禁錮室に走った。そして、前田副長に報告して総員集合をかけ、まず隊内を捜索後、隊外に兵を放ったが、望月氏の姿は見出せなかった。

翌朝、一農家から自転車と郵便配達夫の制服の盗難届が出て、それが望月氏の行為であると断定された。が、その後も望月氏を発見できぬので、土浦憲兵隊に捜索を依頼し

たという。

市川氏は、取調べ担当者であっただけに、望月氏のことが念頭からはなれなかった。飛行機で航空隊の飛行場に降りる時、誘導コースの真下に盗難届を出した農家があった。氏は、望月氏がその農家からどちらの方向に逃げたかと地上に視線を走らすのが常であった。

その後、隊内では望月氏が発見されぬので、霞ヶ浦で入水したという噂も流れたという。

望月氏は、山田と称する男に落下傘を貸出し、それが九七式艦上攻撃機への放火につながったことを率直に口にした。市川氏の驚きは大きかった。氏は、望月氏が軍用機炎上と関係があると疑っていたらしいが、その背後に一人の男がひそんでいたとは想像もしていなかったのだ。

「山田という男には、その後会ったのかね」

氏が言うと、望月氏は首をふった。

翌日、望月氏から電話がかかってきた。氏は、市川大尉に会えて気持がすっきりしましたと言い、

「それにしても……」

と、言葉をついで、私の家に電話をしてきたUという男のことを口にした。

「いったい誰なのでしょうね」

氏は、言った。

私と氏は、長い間黙っていた。

電話の中で高架線の上を走る電車の音が近づき、そして遠ざかっていった。

私は、果実の中に立っている頭髪のうすれかけた氏の姿を思い描いていた。

解説

杉山隆男

ふと気づいたことなのだが、吉村昭氏の代表的な作品には、逃げる男、つまり追われる男、を描いたものが実に多い。

まずは犯罪史上未曾有という四度の脱獄を繰り返した囚人、佐久間清太郎が主人公の『破獄』。作品のタイトルを単なる「脱」獄ではなく、「破」獄としたところに、囚われた者をつき動かす、逃げるということへの強烈な意思を吉村氏が描き出そうとした、その思いの丈が伝わってくる。

この『破獄』の完成を待つようにして書き進められた『長英逃亡』もまた、逃げる男の物語である。幕末を目前に控えた時代、当時の日本でもっとも傑出した頭脳のひとりであった蘭学者高野長英が、脱獄してから、彼の才能を惜しむ有力大名や同じ蘭学者仲間、さらには博徒といったさまざまな階層の人々の庇護を受けながら、追っ手の裏をかいて、逃げに逃げつづけるも、遂には行方を突きとめられるまでの逃避行六年四カ月を描き切っている。

そして『桜田門外ノ変』は、幕末日本の運命を大きく変えた大老井伊直弼の暗殺に吉村氏ならではの独自の視点から光を当てて、事件に深くかかわった人々が時代に翻弄されていく姿を鮮やかに浮かび上がらせている。

物語は、水戸藩内部の抗争を絡めながら、暗殺計画を慎重に練り上げ、決行へとつなげていく関鉄之介ら脱藩浪士たちの動きを丹念に追っていくが、しかし、吉村氏が力点をおいているのは、むしろ大事を見事成就させたあと、彼らを襲った、英雄としてではない苛酷な運命である。幕吏だけでなく、かつての同僚や故郷の人たちからも追われていく浪士たちの逃亡の日々が描かれているところにこそ、この小説がすさまじいほどの存在感をもって屹立《きつりつ》し、読む者を圧倒するゆえんがある。

しかし、どうして吉村氏はこうまで逃げる男、追われる男にこだわったのだろう。

吉村氏が描いたのは、単なる「脱獄者」でも「逃亡者」でもない。

たとえば『破獄』について言えば、重要な役割を果たしているのは、時代背景としてある戦争である。

主人公の佐久間が脱獄を繰り返すのは、二・二六事件が起こった昭和十一年から、太平洋戦争のただ中をへて、飢饉の名に匹敵するような食糧難に人々があえぎ、敗戦後の混乱がきわまっていた昭和二十二年まで。

戦争をめぐる息詰まる展開が、ちょうど曲のバックで鳴りつづける弦の低い響きのように物語の緊張感をさらに高めていく。

それは、日本全体が戦争という逃げ場のない巨大な獄につながれていた時代でもあった。つまり、佐久間が脱獄を果たしても、彼が逃げた先にあったのもまた、自由からはほど遠い、空襲や飢えの恐怖がたえずつきまとい、至るところに死臭が漂っていた世界であった。

むしろ刑務所の中にいた方が安全だったという冗談のようなパラドクスは、囚人を監視する人間より囚人の方が恵まれた食事にありつけていたという事実によって語られる。にもかかわらず、佐久間は監獄の高々とした壁を乗り越えることを繰り返す。

もはや佐久間にとって、自由を求めて「脱」け出すというより、獄を「破」るそれ自体が彼の生きる意味そのものとなっていたかのようである。そこに、吉村氏を大作の執筆へとつき動かすものがあったのだろう。

高野長英にしても、関鉄之介にしても、その点は同じである。鎖国体制や藩や武士といった見えない獄に二重三重につながれたまま逃げつづけた彼らにも、単なる逃亡者という言葉では括《くく》りきれないものがある。

ことに長英の場合は、放火という大罪を犯してまで脱獄したのに、後日、長英を罪に陥れた幕臣鳥居耀蔵が失脚したことを知る。もしあとふた月、脱獄せずに我慢して牢にとどまっていたら、あるいは自由の身になっていたかもしれないという、その悔やんでも悔やみきれない運命の皮肉が、彼の逃亡に複雑な光を投げかけ、物語は一段と暗い色調を帯びるのである。

吉村氏が描く、逃げる男たちの物語は、どれもスリリングで、サスペンスの要素がたっぷり詰まっている。しかしそれは、同じように追われる男を描きながらも、たとえばサスペンス小説の傑作と謳われる、R・ラドラムの『暗殺者』などとは極北にあるものである。ラドラムのそれがジェットコースターのようなスピード感あふれる場面展開のハリウッド映画としたら、吉村氏の一連の作品はさしずめポーランドの巨匠A・ワイダを彷彿《ほうふつ》とさせる、白と黒の陰翳を際立たせた、重厚なタッチのモノクロ映画である。静かに、あくまで淡々と物語は進行する。それだけに、ページをめくるごとにつのっていく鼓動の高鳴りが、闇の向こうから少しずつ近づいてくる不気味な靴音のようにも聞こえて、内なる緊迫感に思わず息を呑むのである。

逃げても逃げても、追っ手は影のようにつきまとう。けれど、逃げる彼らは絶望の淵に追い詰められても自ら死を選ぼうとはしない。なお逃げようとする。逃げつづけることで現実の不条理にひとり立ち向かっているとさえ映る彼らを動かしているのは、いったい何なのだろう。それはただ、生への執着という言葉で語り尽くされるものなのだろうか。

逃げつづける彼らの逃避行に同行するうちに、読者は、吉村氏の鋭いメスによって切りひらかれていく、人間というもののうかがいしれぬ部分をのぞくことになるだろう。そしてふと、逃げているのは、江戸時代でも戦時中でもない、いまという時間を生きているこの自分であるかのような錯覚にとらわれてしまう。

その錯覚に、他ならない吉村氏自身が捕えられたのが、逃げる男、追われる男をめぐる一連の作品群の原点とも言うべきこの『逃亡』であった。

あえて原点と名づけたのは、『逃亡』が『破獄』などの三作品にはるか先立って書かれているという理由ばかりではない。

『逃亡』の発表は一九七一年七月、『戦艦武蔵』によって広くその名を知られるようになって約五年、吉村氏が『零式戦闘機』『陸奥爆沈』『海の柩』『総員起シ』など太平洋戦争に題材をとった小説を立てつづけに執筆していた時期である。

『逃亡』は、戦時中、霞ヶ浦航空隊で整備兵だった少年が、軍用機爆破の真犯人であることが露見するのを恐れて脱走し、軍や警察の眼に怯《おび》えながら逃亡をつづける、その息詰まる日々を追ったものである。

物語はのっけからミステリアスにはじまる。主人公となる少年の存在を、吉村氏自身とおぼしき「私」に告げたのは、密告を思わせる、謎の男からの電話だった。

「私」は電話の内容について半信半疑でいたが、意外にも少年が実在していることを突きとめ、いまは〈頭髪のうすれかけた〉中年男となっている、その元少年の口から、逃亡に至るいきさつや、時には馬車曳きに身をやつしたり、はたまた北海道の奥地で重労働につく人夫に姿を変えたりしながらの逃亡の様子がつまびらかにされていく。

元少年の話を「私」は、〈経験した者のみが口にできる〉ものとして、〈事実であることをかたく信じた〉が、吉村氏をして小説の執筆へと向かわせたのは、元少年の話に、〈戦争というものの持つ驚くほどの奇怪な姿が露呈されているように思えた〉からに他ならないだろう。

そのあたりの執筆動機は、本書の前後に書かれた『戦艦武蔵』をはじめとする、「戦争」を題材にした小説群にも通じている。

吉村氏は、『戦艦武蔵』のメイキング・ストーリィとも言うべき『戦艦武蔵ノート』の中で、『武蔵』の建造過程を、〈フランケンシュタインが人造人間として作り上げられてゆく情景〉になぞらえた上で、次のように書いている。

〈「武蔵」という物体を描くことは、その周囲に熱っぽくむらがり集った男たちを描くことにほかならないし、それはまた戦争という熱っぽい異常な時期を解き明かす一つの糸口になりはしないか。〉

戦艦武蔵の向こうにも、元少年の話の向こうにも、吉村氏は、〈巨大な〉〈得体の知れぬエネルギー〉そのものである戦争を見ていたのである。そして、人間だけがはじめるこの戦争という奇怪なものを描くことは畢竟《ひっきょう》、人間の本質を描くことになるという確固たる思いが、ちょうど背筋に一本通った心棒のように吉村氏の中に一貫して流れていて、それが氏を執筆へとかりたてていったのである。

ただそれとは別に、もうひとつ、元少年の話には吉村氏を引きつけずにはおかないものがあった。

『逃亡』の中で、「私」はこう語っている。

〈私は、男の話を書きとめているうちに、妙な錯覚におそわれはじめていた。男が私のことを語ってきかせてくれているような気がしてならなくなったのだ。〉

元少年が軍用機を爆破して逃亡をつづけていたのは、十九歳のときである。そのとき、「私」すなわち吉村氏は十七だった。ほぼ同世代である。

〈……もしも私がかれの立場に身を置いていたとしたら、私はかれとほとんど大差のない行動をとったにちがいない。戦時という時間の流れは、停止させることのできぬ巨大な歯車の回転に似た重苦しさがある。十九歳であったかれの行動は、その巨大な歯車にまきこまれた自然の成行きにほかならない。〉

軍隊経験はなくとも戦時という時間を共有し、だからあの重苦しい時間の中で生きるということがどういうことなのか、身をもって体験してきた吉村氏には、ほぼ同世代であった元少年の〈異常な生き方〉に〈強い共感〉を抱くことができたし、いつのまにか元少年に重ね合わせている自分を感じるようになったのである。

戦争の巨大で得体の知れぬエネルギーに巻きこまれて、逃げるしかなかった元少年が、あのとき十七だった自分であったとしてもおかしくはない。その思いは、まるでこの自分が官憲や周囲のふつうの人々の眼にたじろぎ、凍りつきながら逃避行をつづけていたような〈錯覚〉を起こさせる。

それは、元少年を通じて、もう一度あの奇怪な戦争を吉村氏の中に甦らせ、吉村氏自身もくぐり抜けてきたあの戦時の重苦しい時間を生々しく呼び起こす強烈なものだったに違いない。

『戦艦武蔵』をはじめ戦争を題材にした小説の取材で吉村氏は、年齢も、戦争中おかれていた立場も、体験の中身もさまざまに異なる数多くの人々の間を訪ね歩いている。当然のことながら彼らの大半が、戦時中少年だった吉村氏より年上の人であった。

彼らが語る話には、荒れ狂う海の上で助けを求めて救命ボートの舟べりに重なってくる兵士たちの手首を将校が軍刀で薙《な》ぎ払っていった話など、身もすくむような衝撃的な告白が含まれていたが、しかしそれらの中でも、『逃亡』の元少年が語りつづけた話は、同世代であったがゆえに吉村氏にとってひとしお切実な響きをもって聞こえたはずなのである。

あるいは、『逃亡』を書き終えたあとも、吉村氏の中では、少年の逃げる姿が、いや、いつのまにかその少年から十七だったときの吉村少年にすり変わって、その逃げつづける姿がフラッシュバックの映像のように明滅することがあったかもしれない。

それは、動乱の幕末を描いていても、幕末への予感をはらんだ天保の世を書いていても、吉村氏の中で息づき、時代に翻弄され、逃げるという宿命を背負ってしまった男たちへの〈共感〉を形づくっていったのではないだろうか。

『逃亡』がひとつの原点としての意味をになっているというのはそういうことなのである。

人間というのはわからない。何をしでかすかわからない。でもまた、それこそが人間の人間たるゆえんなのだ。吉村作品を読むたびに、作品の向こうからそんな低いつぶやきが聞こえてくる気がする。

吉村文学の底流には、進歩や英知といった言葉からはかけ離れた、ニヒリズムを思わせる、ある種の深い諦念が流れている。

それでも吉村氏は、人間のうかがいしれない内実の闇に迫ることをやめなかった。

あたかも逃げきれないのがわかっていながら、なお逃げようとする男たちのように。

そこに、人間というものへの吉村氏ならではの、いとおしさがあらわれているように私には思えてならない。

（作家）

この本は一九七八年に小社より刊行された文庫の新装版です。
内容は「吉村昭自選作品集」第三巻（一九九〇年新潮社刊）を
底本としています。

文春文庫

逃《とう》亡《ぼう》

定価はカバーに表示してあります

2010年9月10日　新装版第1刷
2023年12月15日　第3刷

著　者　吉《よし》村《むら》昭《あきら》
発行者　大沼貴之
発行所　株式会社 文藝春秋

東京都千代田区紀尾井町 3-23　〒102-8008
ＴＥＬ 03・3265・1211㈹
文藝春秋ホームページ　http://www.bunshun.co.jp

落丁、乱丁本は、お手数ですが小社製作部宛お送り下さい。送料小社負担でお取替致します。

印刷製本・TOPPAN
Printed in Japan
ISBN978-4-16-716948-0